Kadokawa Fantastic Novels
VILLAIN SCION
反派富二代
SAINT
充滿誤會的聖者生活
~第二次人生明明只想隨心所欲度過~

跟我來，愛麗絲和瑪希蘿！
我所走的道路才是霸道！

パシャッ
歐嘉大人，
愛麗絲很幸福……！
哇——
歐嘉同學
很帥氣喔！

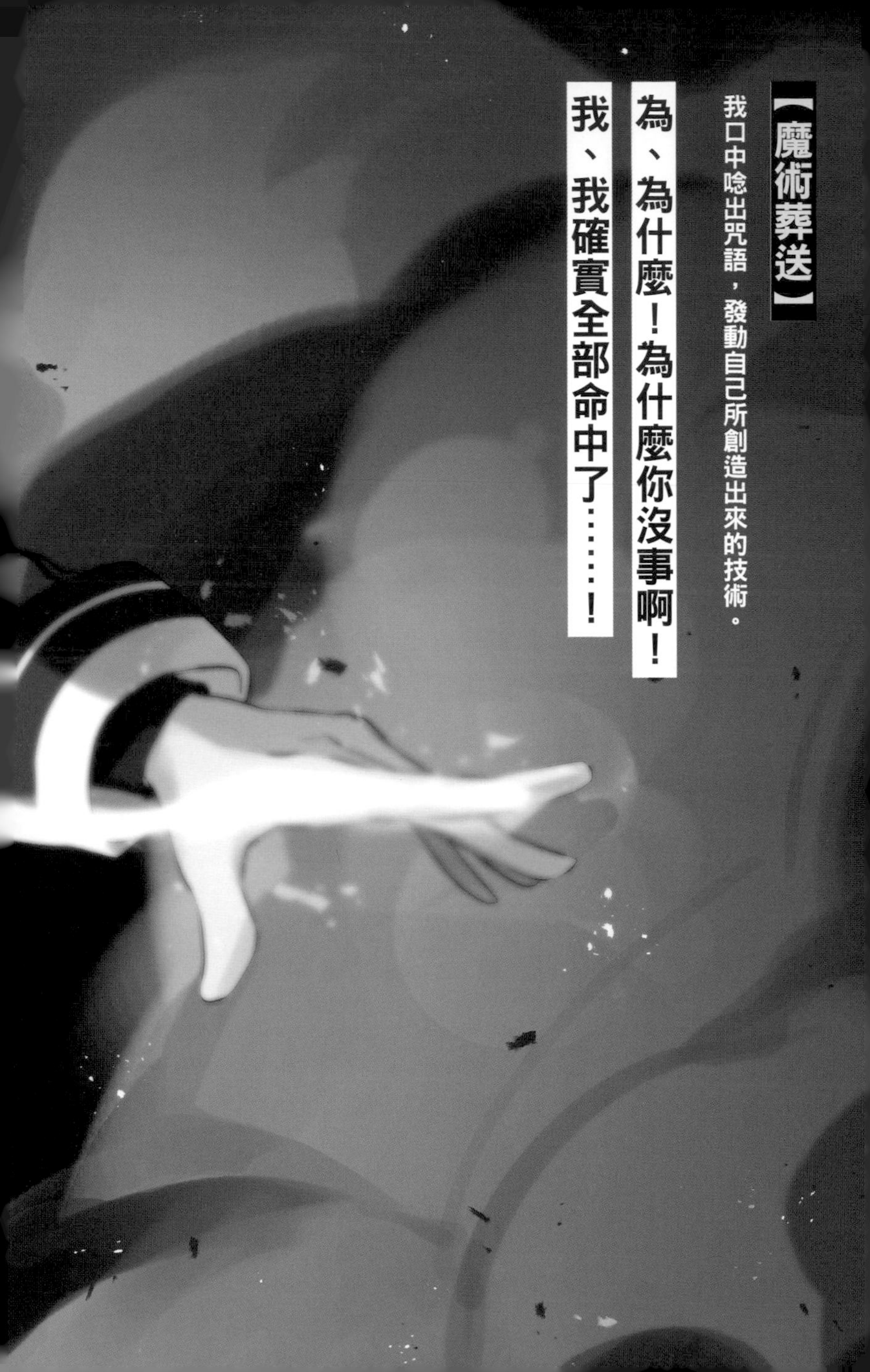

【魔術葬送】

我口中唸出咒語，發動自己所創造出來的技術。

為、為什麼！為什麼你沒事啊！

我、我確實全部命中了……！

是啊，命中了。
不過對我沒用，這個就是事實。

Character
愛麗絲
前聖騎士團總隊長，現在則是歐嘉的女僕兼護衛。醉心於歐嘉。特技是戰鬥。
瑪希蘿・黎切
王立利修堡魔法學院的一年級生，複數魔法適性者。平民出身，對歐嘉抱持好感。特技是掏耳朵。

Character
卡蓮・雷蓓茜卡
王立利修堡魔法學院的一年級生。
出身於四大公爵家之一。是歐嘉的
青梅竹馬，也是王太子的未婚妻。
蕾娜・米爾馮緹
王立利修堡魔法學院的學生會長。學
院長的徒弟，警戒深不可測的歐嘉。
特技是沖泡紅茶。

Character
歐嘉・貝雷特
從現代日本轉生而來的惡毒領主兒子，就讀於王立魔法學院。出身於四大公爵家，為貝雷特家的長男。儘管不具有魔法資質，卻擁有強韌的肉體。特技是努力。

VILLAIN SCION 反派富二代 SAINT 充滿誤會的聖者生活

～第二次人生明明只想隨心所欲度過～

1

Kadokawa Fantastic Novels

Story
木の芽

Illustration
へりがる

序章 追求自由的惡

王歷安柏德15年☽月×日

捲入事故後死掉的我轉生到了魔法世界。

自從我獲得歐嘉．貝雷特這個名字，至今已經五年了。

我已決定好新的人生目標。

那就是隨心所欲地過日子！

回想起來，上輩子我一直當個好人，結果只留下了痛苦的回憶。

就算跟別人告白，也只會得到「我沒有把你當作異性」遭到回絕；好不容易交到戀人、想著要與她好好培育愛情，卻在升大學的時候被人睡走了。

難得重生到異世界，我不想再有那樣的經歷。

抱持著這樣的目標，我誕生在名為貝雷特的公爵家。他們是一個負責國家外交、諜報的厲害家族，因此我不用為錢煩惱。

身為長男的我將來想必會繼承家業吧。

雖然他們現在已經開始灌輸我英才教育，其實我並不討厭努力。年輕時努力一點，結果會回報在未來的我身上。

父母對第一個孩子也是溺愛有加，想要的教材和家庭老師都會立刻為我準備的這種環境也超棒的。

就這樣繼續朝成為領主的道路前進，這輩子便能過得隨心所欲，想做什麼就做什麼！

讓可愛的女孩子服侍我，然後指使奴隸們做事吸取其中的利益。

我計劃過著大啖美食、想睡就睡、無所事事的美妙人生。

咯、咯、咯……！啊啊～真期待我的未來啊！

王曆安柏德15年%月&日

悲報。主題是關於我家被人們稱作惡毒領主一事。

父親大人看見我每天都勤奮念書，主動教導我貴族情勢的核心真相。

然後，我得知了貝雷特公爵家的立場。

父親大人貌似假裝發布惡政，好讓人當作蠢貨刻意看輕。據說這麼做是為了讓目標的內心放鬆警惕。

也就是說，身為繼承人的我也必須繼續父親大人的政治方針才行。

因此我決定開始學習如何成為「反派」。

為所欲為地行動，不爽就大發雷霆的魯莽神經。傲慢自大、頤指氣使。不在乎周圍的評價，認為老子才是這世界的中心。

雖然我是為了扮演惡毒領主才學習怎麼當個「反派」……這麼做意外地符合我的目的。

畢竟成為惡毒領主才是想要活得隨心所欲的人抱有的理想不是嗎！

事情就是這樣，我尋來各地方的故事，想說只要模仿其中被稱為「反派」的登場人物就可以了。可是我一直將情感帶入角色之中，就連思考方式都變成「反派」了。

被人瞧不起的「反派」其實也有自己的尊嚴。

儘管走在一條沒有人能夠理解的道路上也不會氣餒，我認為遵循著信念活下去的樣子非常帥氣。

我要學習這樣的他們，然後也修改我的目標。

從「想做什麼就做什麼、隨心所欲地生活」這個理念，轉變為「成為帥氣的反派」。

我決心從今天開始要遵照刻在心中的理念，然後絕不做出模稜兩可的半調子行徑。

王歷安柏德15年▼月▼日

這個世界有權力僅次於王家，人稱四大公爵的四個貴族。

貝雷特家也是其中之一，他們舉辦了一場只有邀請公爵家和其親族才能參加的派對。大家表面上裝作感情和睦、互相幫助的樣子，背地裡卻在盤算怎麼踢掉對方。

我想掌握彼此之間的關係，才想聽他們的對話，但是身為小孩的我還不能參加……

當我無聊地在庭園裡亂逛時，遇見了被好幾個男生圍繞、一名正在哭泣的少女。

自從秉持信念行動之後，我變得看不慣欺負弱者這種非常糟糕的惡意。

因此，我在不讓他們受傷的程度教訓了他們一頓。

這樣就行了……我本來這麼想，沒想到那名少女似乎黏上我了。

她的名字叫做卡蓮．雷蓓茜卡，似乎是同為四大公爵家的雷蓓茜卡家的獨生女。

說起雷蓓茜卡家，他們還抱持著上個時代的想法，沒有什麼好的傳聞。

比方說繼承權一定要由男性來繼承、沒有能力的人就連人權都沒有之類的……

卡蓮的性格會這麼消極畏縮，恐怕也是因為這樣吧？

不管怎麼說，這畢竟是難得的緣分，就讓我們好好相處吧！

像隻雛鳥一樣牽著手就跟上來的卡蓮非常可愛。

而且我很憧憬跟可愛青梅竹馬的日常呢！

我們就這樣感情變得越來越好，自然而然發展成戀愛關係，最後結婚……咯嘿嘿。

……唉呀，這可不行。我得克制自己露出沒出息的表情才行……！

王歷安柏德15年☁月$日

卡蓮的父親藉由寫信傳達，禁止我跟她有所接觸。

王歷安柏德15年☁月▽日

要成為人上人的必要條件就是力量。

只要擁有能夠居高臨下鎮壓部下們種種不滿的壓倒性暴力，反對的聲音也會隨之消失。

在這個世界裡能簡單展現力量的方法就是魔法了吧！

而我——沒有魔法的資質……！

火、水、風、土、雷、光。

根據適性檢查的結果，我似乎哪一種都不適合。

當這個事實出爐的同時，之前那麼常來我家玩的卡蓮突然就不再來拜訪了。

……然後，前幾天我收到雷蓓茜卡家親自寄來的書信。我現在之所以能那麼冷靜，都要多虧於父親大人比我還要生氣的關係。

不管怎麼說，在貴族社會中不會使用魔法是一個極大的劣勢。

這樣一來，「想做什麼就做什麼、隨心所欲地生活」這樣的目標也就此告終……然後一般人會怠惰地墮落下去。

可是這輩子的我是個天才。

雖然沒有魔法資質，同時也測出我的魔力量非常龐大的這個事實。

既然如此，只要編寫出我能使用的魔法不就好了？一旦擁有力量，無論什麼問題都能迎刃而解。

跟父親大人商量過後，也決定請來劍技和體術相關的家庭老師。

現在是潛伏的時刻。為了美好的將來，我要先準備好利器才行。

王歷安柏德20年☀月■日

終於完成了！只有我能夠使用的魔法！

準確來說，我也不知道這能不能叫做魔法，但是成功完成的這個事實非常重要。

不枉費我一直設立假說，反覆實驗。

看來這輩子的我果然是個天才。

這樣一來就算沒辦法使用魔法，也能夠跟魔法使對抗了。

當然，我還不會將它公開。

這個由我發現、由我創造的唯一技術，我才不會那麼簡單就施展出來。

跟父親大人和母親大人商量過後，他們也非常贊成。

與此同時，他們還給了我新的選擇，叫我到魔法學院繼續鑽研深究。

據他們所說，那裡似乎集結了從各地而來的優秀人才。

這對將來想要為所欲為的我而言，是個打通門路的絕佳場所。

雖然暫時得專注在學習才行，問題並不大。既然如此，就重新打起精神吧！

王歷安柏德25年☂月◎日

這一天總算來臨了。

從今天開始就要邁向延續我上輩子夢想的第一步。

我的夢想——也就是自由自在、為所欲為地生活。

不論是會被人稱作惡毒領主還是因為貪得無厭而遭到抨擊，這些我都不在乎。

滿十五歲就離開老家，開始在魔法學院的宿舍生活。

為此在貝雷特家作為鍛鍊眼光的訓練，無論是誰都可以帶一位輔佐學院生活的人才一同前往。

我不僅要在學院生活使役那個人，而且還要任用他一輩子。

也就是說，光是優秀還不夠。那個人必須是個與我斷了關係，人生就會陷入困境的人，就算對方想離開也離開不了。

我選的人才必須身處在走投無路的狀況下才行。

然後，我已經挑選好了。

那就是「前聖騎士團總隊長」——克麗絲‧拉格尼卡。

她充滿正義感，從平民爬到聖騎士團頂層的位置，卻因為直接向國王上訴貴族販賣人口一事，遭貴族安上莫須有的罪名，被逐出聖騎士團。

不僅如此，她甚至連財產都遭到扣押。

現在她在人稱王都糞坑的小鎮——沃舒爾的競技場賺零用錢度日。

我希望她能夠成為我的護衛。當然，就算只有我一個人也沒問題，這麼做只是為了以防萬一。

她過去曾經擔任聖騎士團的隊長，實力相當足夠。

既然她那麼渴望正義，只要對她說「在我的身邊綻放光芒吧」這種話，應該就會輕而易舉地陷落才對。

很遺憾，克麗絲的正義將會用於制裁膽敢反抗我的叛亂分子身上。

呵……像這樣記載成文字以後，我再次有了實感。

從明天起總算要開始了——

我作為「反派」的第二人生！

Stage1-1 Re：作為「反派」展開學院生活

人生勝利組指的究竟是誰呢？

答案就是「讓自己的立場變成能夠指使別人的人」。

而我毫無疑問屬於人生勝利組那邊的人。

以公爵家長男的身分出生、接受國內首屈一指的教育，然後一個月後注定要就讀王立利修堡魔法學院。

當然，我以不負家名的優秀成績考入學校。

我所憧憬的是絕對的巨惡。

絕非勇者之類的正義。

為什麼自己短暫的人生，非得耗費在他人身上不可呢？

做自己喜歡的事、照自己喜歡的方式活著，我不會讓任何人妨礙我。

我想過上與人類為敵的魔王般的人生。

「我今天也很完美。」

穿衣鏡中映照出我穿戴好的服裝，合適得令我非常滿意。

最後我把目光轉向掛在房間裡的掛軸上。

那裡掛著我妙筆一揮寫下來的邪惡三法則。

一、不違背自己的信念活著。

二、不怠惰磨練自身魅力。

三、不讓任何人決定自己人生的未來。

這三項法則，能夠讓那些覺得我很帥的壞人們的生活方式達成一致。

見風轉舵、違背信念的人非常可恥。

任誰都不會跟從毫無魅力可言的人。

我的人生只屬於自己，不會讓任何人阻礙我的霸業。

無論是說話方式還是對事物的思考模式，與上輩子相比都已經有所改正。

這也全都是為了「活得跟上輩子不一樣，想做什麼就做什麼，隨心所欲地生活」。

然後，今天將會成為我美好人生中值得紀念的第一天吧。

「讓您久等了，父親大人。」

「很好，我的兒子啊。我知道你很勤奮向學。時刻磨練自己是件很重要的事情。」

「感謝父親大人的教誨。」

見我乖乖道謝就一副心情很好的模樣捋著鬍子的人，是我的父親——戈登・貝雷特。

他的相貌冷酷，周遭散發出嚴厲的氣息，乍看之下很難相處，然而他其實是個很為家人著想的好父親。甚至說是過度疼愛孩子也不為過。

只要是我想做的，無論想學習什麼東西，他都會為我安排最頂尖的老師。

是個會為我規劃最佳環境的最佳父親。

「那麼，我就長話短說吧。明年你就要去利修堡上學了。你知道利修堡規定必須住在宿舍吧？」

「當然知道。這是為了盡可能利用所有時間專注於魔法的鍛鍊上，我說得沒錯吧？」

「沒錯。而且，你可以帶一個負責照料你的人一起去宿舍。歐嘉，請你在一個月內選出那個人。」

「只要是我選的，真的帶誰去都可以嗎？」

「當然。這也是你為了分辨可用人才的訓練。你要選侍奉我們家的女僕也可以，如果覺得奴隸比較好也可以去買。總之帶一個你覺得可以支援學院生活的人過來給我看。」

我就是在等這句話。

這可是不出一毛錢，就能得到一位優秀部下的好機會。

此刻選出來的人不只要負責我的宿舍生活，我還打算讓她作為我的部下效命一輩子。

也就是說，她也會參與我的惡行。

如果只是要選一個能用的人，只要去奴隸商行買個智商高一點的傢伙就好。

不過這樣就太無聊了。因為我想親眼看看——

抱有正義之心的人墮落成惡的模樣。

我從以前就在想，故事裡的勇者不管怎麼被人欺騙，都不會失去善心。

然而，如果勇者一直接觸邪惡，不斷跟惡行扯上關係，究竟會變成什麼樣子呢？

咯、咯、咯……對方肯定會因掙扎而痛苦吧。我想要就近觀賞這樣的姿態。

「既然如此，我已經有目標人選了。」

「哦……真不愧是你。我很期待你究竟會帶什麼樣的人回來。」

父親大人臉上浮現出陰險的邪笑。

「那麼父親大人，我先告退了。」

行禮之後退出房間的我立刻整理自己的儀容，整裝帶隊上街去。

「咯、咯、咯……呵哈哈哈……！」

今後我的時代就要開始了——

我那美好的人生。

「我就去迎接妳吧，第一位共犯！」

◇◇◇◇◇

在王都極為偏僻的地方，有個說是從王都中被隔絕也不為過的骯髒小鎮——沃舒爾。

藥物、人口販賣，以及賭博。

這個小鎮集結了這世上最令人嫌惡的事物。

我卻出現在這座凝聚了所有王都黑暗的小鎮裡的地下競技場中。

「上啊——！殺死他——！」

「就是那裡！刺他！用力砍啊！」

絲毫沒有一點道德感的奚落聲在我頭上此起彼落。

我眼前站著一位身高兩公尺的男人。

他戴著長角的頭盔，手持巨大的斧頭，而且還穿著厚實的鐵鎧。

是我這場比賽的對手。

「我才不管妳是不是持續連勝，妳可別太得意忘形嘍，小姑娘。」

這個吐著鼻息的男人在我打贏比賽之前曾是競技場的冠軍。

被身為女人的我反超，想必讓他很不爽吧。

連這場對戰組合也是對方強制安排的。

「……別廢話了。快點放馬過來吧！」

我彷彿能聽見他情緒激動後血管破裂的聲音。

簡簡單單就被挑釁的男人憑藉蠻力將斧頭橫掃出去。

那是任憑憤怒驅使的愚蠢攻擊。

他至今應該也是單靠蠻力一路碾壓過來的吧。

面對沒有技術可言的對手這麼做或許會管用也說不定。

然而我不一樣。

「——『狂亂刀線』。」

「……啊？」

對敵人施展的力量必定會反彈到自己身上。

我避開斧頭後，為了讓他的攻勢再猛烈一點，用力壓住他的手。

隨後，不受控的斧頭輕而易舉地切斷了他的手腕。

「嘎啊啊啊！」

「……最後安靜地去死吧！」

「嗯唔喔？喔喔……喔喔……」

男人因疼痛而感到痛苦。為了讓他閉嘴，我將劍刺了進去。

劍尖刺破喉嚨，地板滿是鮮血。

揮掉沾附在愛劍上的血，我將其收入刀鞘之中，然後在高昂的情緒尚未冷卻前走出競技場，便看到經理站在入口處。

「喂，克麗絲，有客人找妳。」

「……行程裡沒有這項安排。」

「別問那麼多，快點過來！不然的話，我就要禁止妳出入這裡嘍！」

「……好吧。」

對方說話粗暴，但是我只能服從。

失去過去榮光和身分的我要生活下去，只能每天在這裡廝殺，用血將劍染紅。

真是諷刺。

因為我所憎恨、厭惡的惡如今是我賴以維生的東西。

跟在經理身後，我來到ＶＩＰ專用室。

這是一間裝飾一點也不和藹，而且會讓暴發戶兩眼放光房間。而坐在正中央皮製椅子上的人是……

「……小孩？」

「克麗絲！注意妳的言辭！」

「無妨。我不會因為這點小事就心情不好。比起這個，經理，你能讓我跟她兩人單獨聊聊嗎？」

「好、好的，當然沒問題！啊，我不會讓任何人靠近這裡，還請您隨意，嘿嘿……那麼我先告辭了……」

經理推一下我的背，緊接著便快速離開房間。

……我從來沒有看過那傢伙如此卑躬屈膝的模樣。

這個少年的身分地位這麼高嗎？

當我看向他時，他露出一副傻眼的樣子嘆了口氣。

「白痴，怎麼可能在這裡幹起來啊！」

「這是什麼意思？」

「那個男人誤以為我是想要女人，所以才會來把妳買下，**前聖騎士團團長**克麗絲．拉格尼卡。」

「……！」

懷念的稱呼令我不自覺感到驚訝。

我履行那個使命已經是好幾年前的事，真虧他知道。

少年讓我坐下，我便沉沉地朝椅子坐了下去。

「我是歐嘉．貝雷特，是貝雷特公爵家的長男。」

「什麼！真的嗎！」

「是啊。證據就是我有刻著家紋的短劍。」

如此說著的他展示給我看的短劍上，毫無疑問刻著我記憶中表示貝雷特家的紋章。

假冒貴族的家紋是重罪，這樣的孩子不可能這麼隨便地使用贗品。

而且如果是貝雷特家的人，那麼也能夠理解他為何能找到我所在的地方了。

貝雷特家擅長諜報，主要負責外交。

只要利用那種諜報能力，像我這樣的人簡簡單單就會被找到吧。

「……那麼，貝雷特家找我有何貴幹？很抱歉，我並不打算答應你喔。我最討厭的就是你們這種貴族，理由不用我說你也知道吧？」

「當然。處決妳，並且把妳從聖騎士團逐出去的就是貴族嘛！」

「沒錯。就是那些隱瞞壞事、牟取私利，以及腐敗不堪的貴族們！」

我作為聖騎士團的團長，一直以來都在定罪邪惡。

因為我相信這攸關市民們的幸福與和平。

在進行聖騎士團的行動時，察覺到有人在進行人口販賣的我蒐集證據、逮捕現場，並且立刻向國王進言想要去抓捕貴族。

國王不會作出錯誤的抉擇。

我明明相信這樣一來又有一個罪惡就要從國家消失了……！

被趕出來的人卻是我。

種種證據都遭到隱匿，販賣人口的現場被解釋成租借人力，所有事情串聯在一起，我被栽贓成為作出虛假報告的罪人。

聖騎士的地位立即遭到剝奪，失去住處的我就這麼流浪到競技場。

為了正義而磨練至今的劍術被用在罪惡的繁榮，賺錢只為了自己的伙食費，這種日子是多麼地屈辱啊……！

不這麼做就活不下去，羞恥讓我的心一直遭受侵蝕。

「那件事經由調查後我也知道了。不過，那個時候貝雷特家主……我的父親赴任鄰國了。假如父親在，想必妳不會出現在這種地方吧。」

「哼，那又怎麼樣？你是來安慰我的嗎？已經太遲了。現在的我就只是個愚蠢的克麗絲罷了……」

「……老實說，我很失望喔，克麗絲。」

……什麼？

這傢伙剛剛說了什麼……？他說失望……？

緊握的拳頭用力打在桌上，我朝他瞪了過去。

可是他完全沒有移開視線。明明桌子上散落著碎掉的木片，他卻絲毫不為所動。

不僅如此，他甚至再次嘆了口氣。

「任憑感情驅使力量，妳作為聖騎士的矜持到哪裡去了？」

「……少囉嗦！我……已經不是聖騎士了！」

「——我很喜歡以前作為聖騎士的妳。」

「——」

「我很尊敬會鼓舞夥伴、面對魔王軍也不氣餒，而且絕對不會垂頭喪氣的克麗絲・拉格尼卡。」

「……啊啊……啊啊……別再說了……」

不要用那麼耀眼的話來形容我。

你說的是過去的我。是我已經放棄、捨棄的自己。

為了說服現在過得這麼悲慘的自己，我將過去捨棄了。

「已經……回不去了……！我……克麗絲・拉格尼卡已經死了……！」

「那麼，妳還能夠重新來過。」

「咦……」

「既然妳死了……不對，正因為妳捨棄了一切，才可以從這裡重新開始。」

他溫暖的手撫上我的臉頰。

抬起我低垂的頭，對上他的臉。

「跟我來吧。我會創造出能讓妳的正義發揮光芒的地方。」

眼淚撲簌簌地沿著臉頰落下。

停不下來。就好像我心中的髒汙向外流逝似的。

明明很丟人、很難堪，我卻止不住哭泣。

他輕輕地用手指將其拭去，緊接著握住我的雙手。

「在我身邊再展現一次那種光芒吧，我的騎士克麗絲·拉格尼卡。」

那個瞬間，我的生命開始萌芽，心臟因歡喜而震動。

我憑本能理解了。我要侍奉的並非國家，而是這位才對。

「——我在此發誓我的劍將會為您揮動，歐嘉大人。」

——目的達成了。那個克麗絲．拉格尼卡對我宣誓忠誠了。

而且，這是我身為歐嘉．貝雷特第一次在外完成的任務。感受到用自己的手將明亮的未來抓到身邊的感覺，我不自覺地握緊了拳頭。

「那麼歐嘉大人，我去準備一下，可以請您稍候片刻嗎？」

「必需品我們這邊會全部備齊，妳不用擔心。」

「不是的，為了讓您明白我的實力，希望您能夠等我一下。」

原來如此。我確實聽說過從使用的武器練度能夠看出持有者的實力。

克麗絲或許打算把武器拿來我這邊，然後試用給我看吧。

老實說，我並不懂武器的好壞，不過畢竟是她這般實力者使用的東西。

肯定是把絕頂好劍。

「好。但是我不打算在這裡待太久，儘快解決吧！」

「我明白了。」

她這麼說著，然後走出房間。

等到確定聽不見她的腳步聲後，我重重地躺在椅背上。

「……呵。呵哈哈！」

一切都進展得很順利！

這樣一來她就是我一輩子的僕人了。

正義？就儘管發揮吧。

不過，等她知道一直當作夥伴的男人是最大的邪惡時，克麗絲會露出什麼樣的表情呢？

光是想像……咯咯，就讓我心情愉悅。

而且我拉攏克麗絲的理由不只如此。這個進行著賭博交易的競技場還能夠繼續壯大。

只要成為這裡的莊家，想必能夠獲得龐大的利益。

現任冠軍且不苟同打假賽的她離開，經理應該也會比較方便行事吧。

包含那個將來的契約在內，只要跟經理交涉，談好克麗絲的價錢就可以了。

啊啊，我果然是個天才……！

這肯定是女神在幫助我成為邪惡大王，絕對錯不了！

我努力壓抑住止不住的大笑聲，然後等待克麗絲回來。

等著等著……等著。

「……她花的時間還真長耶？」

是還在猶豫嗎？

老實說僱用她是勢在必行，所以她用什麼武器都不是問題……算了，無所謂。

由我去迎接她吧。

反正我現在的心情很好嘛。

正當我抱著這樣的想法握住門把時，門的另一邊發出喀嚓一聲，隨即打了開來。

「讓您久等了，歐嘉大人……是否讓您等太久了呢？」

「不會，沒這回事。比起這個，讓我來確認一下妳的實力吧。」

「遵命。那麼，請您跟我來。」

怎麼，我還以為她要赤手空拳地展示，沒想到還沒拿過來啊？

這樣就表示那說不定是個很龐大的武器吧。武器大小正好能夠淺而易見地展示持有人的實力。

我跟在克麗絲身後，最後她停在此刻比賽應該正處於白熱化的競技場前面。

「……就是這裡嗎？」

「是的。已經肅清完畢了，請您看看。」

……肅清？

在我將疑問說出口之前，克麗絲已經把門打開。

隨後映入眼簾的是堆積起來的好幾具屍體。不僅僅是選手而已，就連觀眾也屍體成山。

山頂上還能看見直到剛才為止都還跟我有說有笑的經理。

……奇怪？該不會所有人都死了吧？

「克、克麗絲，這是……？」

「是的。由於我想立刻讓您看看我的正義和實力，我就直接實行了。」

這個行動力……！

我就直接實行了……個鬼啊！

虧我還想利用這些傢伙來撈點油水！

把他們全滅了不就沒有意義了嗎……

然而她露出充滿期待的眼神，彷彿在說：「請稱讚我。」

「……克麗絲。」

「是！」

……我其實不想稱讚她。雖然很不想稱讚她……

「幹得好。」

「……唔！謝謝誇獎！」

綻開笑容的克麗絲跟想像不同，表情千變萬化卻很好懂，因此這件事就算了吧。

假如將這次的事情和她之後為我帶來的利益放在天秤上衡量，後者壓倒性勝利。

她似乎無條件信任著我的樣子，只要給她假情報，感覺她很輕易就能幫我把與我敵對的組織幹掉。

畢竟我是天才，肯定能夠好好地駕馭她。

「聽好了，克麗絲。我並不滿足於現狀，今後一定會以更大的地方為目標。」

沒錯。這種落魄小鎮的小小地下競技場一點也不足為惜。

要規模再更大一點的地方……像是奴隸市場搞不好就挺不錯。

總之我要增強實力，讓自己不會因為一個競技場就左右情緒。

「我就是為此才把妳收入麾下。妳懂我的意思吧？」

「當然明白。」

克麗絲一點也不嫌骯髒，單膝跪地垂首以對。

「我的力量是歐嘉大人的所有物。我的成果也都屬於歐嘉大人。」

克麗絲如此說著，然後立下誓言。

既然她明白就可以了。

好好地為了我的榮光而奮鬥吧。

「那麼我們回去吧。我想把妳介紹給父親大人認識，其他也還有很多手續要做。」

克麗絲明面上是個罪人，所以不能直接用這個名字僱用她。

這樣會有損貝雷特家的名譽。

不過這類工作對我們來說正好是看家本領。

要偽造她的新戶籍根本是微不足道的小事。

「克麗絲，妳有什麼想要的新名字嗎？」

我走在略顯骯髒的道路上，一邊詢問走在我一步後面的她。

「只要是歐嘉大人賜給我的名字，無論叫什麼都可以。」

這種話可是會惹全國的母親生氣喔，克麗絲小姐。

我也沒有取名的天分，真傷腦筋……

「既然這樣，就遵循傳統吧。父親大人替自己的兒子取名會加上『嘉』字，女兒則會加上『愛』字，因此妳的名字就改為愛麗絲。嗯，妳覺得叫愛麗絲怎麼樣？」

跟金髮也很般配，這個名字挺不錯的吧。

我覺得驕傲的同時偷看愛麗絲的反應。

「……非、非常感謝您……！」

哭了……！竟然哭到淚流滿面的程度……！

我有說什麼奇怪的話嗎？

在這個世界裡，「愛麗絲」也不是什麼會被取笑的名字啊……

儘管我因為嚶嚶啜泣的愛麗絲感到慌張，總之還是先把手帕遞給她。

她掩面幾秒鐘擦掉眼淚後，隨即就變回受人稱讚為美女的愛麗絲了。

「歐嘉大人，那麼我重新向您發誓——」

愛麗絲做出與幾分鐘前相同的動作，用授予的新名字獻上宣誓。

「我——愛麗絲所有的一切都將獻給歐嘉大人。」

「嗯，那就拜託妳了，我的劍啊！」

「唔……！是……！」

就這樣，如同一開始的目的，我成功將愛麗絲收服為我的手下了。

◇◇◇◇◇

青天！白雲！

我終於來到利修堡魔法學院了！

將我從父母的束縛中解放，奠定我光明未來基石的地方啊……！

自從將愛麗絲納為同夥之後又過了好幾個日月，我總算如願以償迎來了開學典禮。

憑藉我家的力量，我已經調查清楚有哪些人才會入學了。

就連現在路過我身旁的人都能馬上連結到早已輸入在腦海裡的情報。

咯、咯、咯……不是只看著紙上資料而已，果然實體擺在眼前時湧上來的興奮感完全不一樣。

「愛麗絲！」

「您叫我嗎？」

一喊出名字，我的心腹女僕就靠了過來。

「快用魔法攝像（照相機）給我拍張照。這是我值得記念的霸業起點！」

「請放心，歐嘉大人。由於太過感動，我早已將照片收進相簿了。」

愛麗絲自信滿滿地從各個角度拍攝我的照片。

無論哪張都是我的近距離畫面，幾乎沒有拍到背景。

「這、這樣啊。幹得好。」

「我對您的稱讚不勝惶恐……！」

愛麗絲穿著女僕裝單膝跪地，做出向我表示敬意的動作。

當我帶她回家時，就連父親大人都不免嚇到了呢……

「父親大人，這是我要帶去魔法學院的隨從愛麗絲。」

「我叫做愛麗絲。我會豁出性命侍奉歐嘉大人，請您今後多多指教。」

「……唔嗯，我的兒子啊，我有件事想問你。」

「請問是什麼事呢，父親大人？」

「她無論怎麼看都是以前的聖騎士團總隊長克麗絲。」

「不是的。她是我找到的……屬於我的騎士（愛麗絲）。」

「唔……！是的，我是屬於歐嘉大人的愛麗絲。」

「……不是啊，可是克麗……」

「她是愛麗絲。」

「我是愛麗絲。」

「……我知道了。就當作是這樣吧。」

經過以上的對話，在我們不容分說的施壓下，事情以父親大人堅持不住的形式成定局。

在這之後經過重重協商，我們給了她新的戶籍，達成給予名字的約定，她開始邁出她的第二人生。

雖然收穫了愛麗絲這般強力的手下……

「那是在幹嘛……好羞恥喔～」

「是不是高興到忘乎所以啦？是哪家的孩子呢？」

「唔哇……最好跟那傢伙保持距離……」

太引人注目了。女僕在這樣的大門前、道路的正中間做出明顯不像是女僕該做出的舉動，當然會受人矚目。

更何況愛麗絲的長相又是個美女。

可是她看起來並沒有打算要停手。不僅如此，她還一臉期待地在等著什麼似的。

然後，經過一個多月的親密相處，我很清楚她這種時候想要什麼。

「……今後也儘管效忠於我吧。」

我這麼說著，隔著她打理好的頭髮摸摸她的頭。

儘管她一瞬間低下頭，隨即就變回原先堅定的模樣。

「是！我會全心全意地將一切獻給歐嘉大人！」

不是，聲音太大了啦……看樣子在開學典禮上就充滿幹勁的人不只我而已。

不過也行啦，就這樣吧！

那麼強悍的愛麗絲對我宣誓忠誠，這件事實讓我比什麼都還要高興。

這不單只是不會威脅生命的意思，其中也包含了男人的自尊。

而且就算我不想要，也會很快就引起注目。

要說為何的話，當然是因為我即將成為君臨在這個學院的邪惡之上的男人啊！

「……欸，她剛剛確實說了歐嘉對吧……」

「咦？那麼那個人就是貝雷特家的吊車尾？就是傳聞中沒有魔法資質的那個。」

「還真羨慕呢。公爵家能靠關係入學。」

「……咯、咯、咯。受到嫉妒真是令人舒服呢，愛麗絲。」

「這氣量真是不同凡響，歐嘉大人。竟然能忽視那樣的蠢話。」

不過從其他學生的反應看來，不管是要找部下還是後宮成員，應該都會是一條相當艱難的道路。

應該沒有那麼好事的人會來跟我搭話——

「歐、歐嘉！」

——出現了。

將灼熱的紅髮綁成馬尾的少女一臉害羞地從樹蔭下走了出來。

少女……嗯，應該是少女沒錯。

她不知為何穿著男裝，然而微微隆起的胸口顯示她應該是女的。

綠色的瞳眸，祖母綠的髮夾是羽毛的樣式……嗯？我好像曾經在哪裡見過這個人……應該說，我想起來了。

「歐嘉，你可能已經不記得了，我是……」

「卡蓮啊？好久不見耶。從五歲過後就沒見過了吧～」

「——唔！沒、沒錯！我是卡蓮・雷蓓茜卡！好久不見！真、真虧你看得出來呢？」

「就算妳長大了，也還有小時候的樣子。而且那是我在生日時送妳的髮夾，我馬上就認出來了。」

「這、這樣啊……嗯，因為是你送我的，我好好地保留下來了……」

卡蓮一臉害羞地撓了撓臉頰。

細長清秀的雙眼皮再加上直挺挺的鼻子。

能夠穿上男學生制服的體型也是，她依舊是個與亭亭玉立的美女這個詞很相稱的傢伙。

明明小時候是個很常玩在一起的玩伴，總是寸步不離地跟在我身後……

我記得自從知曉我沒有魔法資質後，我們就突然斷了關係的樣子。

畢竟我之前那麼疼她，當時還想著要交個青梅竹馬。

雖然她現在也很漂亮，要是胸部再大一點就好了呢……

體型什麼的先放到一邊，我覺得她的性格真的變了。換作是以前那個唯唯諾諾的她，肯定不會主動跟被大家視為膿包的我搭話吧。

不知道她為什麼要穿男裝……雖然大致能猜到理由，難得出了趟家門，沒必要特意深入這種會讓氣氛變冷的話題吧。

「這麼難得，要不要一起走呢？」

「咦！可、可以嗎！」

「妳怎麼會覺得不行？」

「因、因為……就是……我……」

我猜她應該很後悔跟我斷絕所有關係吧。

只要看卡蓮現在這個樣子，任誰都能明白作出那個判斷的人並不是她。雷蓓茜卡家在想法一直很守舊的公爵家當中，情況也比較複雜。

「妳認識的歐嘉．貝雷特是會為了這種小事一直耿耿於懷的男人嗎？」

「不是，沒這回事！歐嘉不論什麼時候都是……我的……」

「咯、咯、咯，容易緊張的個性還是沒有變，我稍微放心了。好了，我們走吧。」

「好、好的！聽說開學典禮在講堂舉辦！」

我邊走邊聽著看起來很高興的卡蓮說明今天的行程。

入典禮結束後我們會被帶去宿舍，將行李放在分配到的房間裡，最後再舉辦一場加深感情的新生歡迎派對。

將學院長的冗長致詞右耳進左耳出之後，來到前往自己房間的時間。

「那麼，歐嘉，等等派對上見。」

「好。我很期待接下來還能聊天。」

「嗯、嗯……！」

這麼說完，卡蓮心情很好地晃著頭髮往宿舍的方向離開。

雖然她有**未婚夫**了，這種程度的場面話應該還在人與人相處的範疇內吧。而且我聽說他們的關係並不怎麼好。

雖說如此，我也不打算介入其中就是了。

跟前往女生宿舍的卡蓮分開以後，去辦理手續的愛麗絲正好拿著鑰匙回來。

「歐嘉大人的房間是十樓的一〇〇五號室。我們去搭自動升降魔力裝置（電梯）吧！」

「嗯，帶路吧。在派對開始前要把行李放好喔。離傍晚還有很多時間。」

「遵命，我會迅速整理好。」

我們馬上來到房間，將寄過來的行李迅速收進家具裡頭。

一般貴族會將這些全都交給隨從整理，但是我不一樣。時間很有限，兩個人一起做比較有效率，而且在學院內跟愛麗絲分開並非上策。

畢竟我似乎被周遭的人小瞧了嘛……雖然應該沒有，一想到要是有白痴敢惹愛麗絲……

「歐嘉大人，這個行李就是最後一件了……您很冷嗎？非常抱歉，我現在立刻就去拿外套過來。」

「不用。我這是一種……沒錯，是武者的顫抖。」

「原來如此。那麼我去泡杯紅茶吧？在派對開始前可以稍作休息。」

「不了，我想去逛逛學院。跟著我來吧。」

「遵命。」

我打算先掌握校內構造。

不過還有一件更重要的事情。

我想先去跟事前蒐集好的情報當中，讓我比較在意的學生打聲招呼。

突然去房間打招呼也很奇怪，我想說搞不好人家會像我一樣時間太多，到校園裡走走也說不定。

那個人應該是唯一不會對我抱有偏見的人。

「這所學校還真大耶。不愧是王國首屈一指的學校。」

「是啊……話雖如此，學生的水準倒不是這麼回事呢。」

晃了一段時間也沒見到目標人物，就在我們差不多要去派對會場的時候——

才轉個彎，陰險的霸凌現場便赫然出現在眼前。

三個男生群起恐嚇一個人，而且還是一個女孩子……嗯？

「我記得那個長相是……」

「歐嘉大人。」

愛麗絲的視線扎在我的後腦勺上。

我知道她想說什麼。

肯定是想說自己要去救她吧。

可是我不允許這種擅自的行為。

要問原因的話，那就是眼前這位被欺負的少女就列在我想親近的美少女名單中，是我之前說過很在意的那位學生。

瑪希蘿．黎切。

唯一一個考進完全實力主義的利修堡魔法學院的平民。

咯、咯、咯，我的運氣真好。

此刻只要英姿颯爽地拯救她，她肯定會對我抱有好感！

「當然可以。我們上，愛麗絲。」

「是！」

身後傳來高興的回應，我向前邁步。

我怎麼能放過這麼簡單就能賺取好感度的機會。

「區區一介卑賤的平民，可別以為能夠跟我們平起平坐！」

「我們會好好地把禮儀灌輸給妳，給我感恩戴德吧！」

「眼睛還這麼噁心……不要用那雙眼睛看這邊啦！」

「噫！」

正在破口大罵的三人當中，有個人撿起石頭就要朝黎切的方向砸去。

當然，我沒讓他得逞。

「喂喂喂，才剛開學，你們在幹嘛啊？」

「啥？誰啊，你這傢伙痛痛痛痛痛！」

我直接抓住男學生拿著石頭的手腕，就這樣用力扭轉。

然後輕輕地伸腳掃過，將他絆倒在地。

「路、路亞克！」

「你！在幹什麼啊！」

「這是我的臺詞吧？」

「唔呃呃！」

其中一人因同伴被打倒而氣得朝這邊揍過來，但是我用手便將他向外甩了出去。

由於他氣勢洶洶地衝過來，只要在他失去平衡時向前踢一腳，他身後的另一個人就會連帶一起跌倒。

我抓住那個名叫路亞克的男生衣領，把他甩到同伴身上，然後聽見他們一齊發出慘叫。

「你、你這混帳！你知道我是誰嗎……！」

「路亞克・博多爾多。你是博多爾多伯爵家的次男吧。」

博多爾多伯爵家是雷蓓茜卡公爵家——卡蓮老家掌管的軍隊所屬的家系。他們原本是別國的士兵，不過雷蓓茜卡家看上其實力，將他們納入旗下。

這種程度的傢伙竟然是公爵家的小弟，由此可知軍部的品味。我多少能夠理解父親大人經常感到不滿的心情了。

這裡就用他剛剛所說，他最愛的爵位來分勝負吧。

「來個自我介紹吧。我是歐嘉・貝雷特，不曉得你聽過嗎？」

「貝雷特……竟然是公、公爵家！」

「沒錯。借用你的話來說就是區區旁系伯爵家，可別以為能夠跟流著公爵家血脈的我平起平坐喔！」

「可、可惡！你給我記住！」

只不過稍加威嚇，三人組就慌亂地逃跑了。

以牙還牙，以眼還眼；以惡制惡。

在我這種立志要達到一流邪惡的男人面前，那種毫無美學的三流根本稱不上對手。

「真是太精采了，歐嘉大人！」

「這種程度誰都可以做到啦……那麼接下來……」

「……唔！」

我一將目光轉過去，嚇了一跳的黎切便顫抖著肩膀。

然後連帶著——巨大的胸部也跟著晃動。

就算隔著制服也能看出成長豐碩的果實。

不需要隱瞞，這才是我想要跟她拉近關係的最大因素。

也就是胸部。用手掌握不了的胸部。

「別擔心，我不會做那種無趣的事。」

「那、那個，你是……」

「我是一年級的歐嘉·貝雷特。這邊這位是我女僕……不對，是我的劍——愛麗絲。」

在我自我介紹的瞬間，我感受到某種強大的壓力，於是改口了。

咦？我今後去每個地方都得說出「我的劍」這種話嗎？太羞恥了……

「妳叫什麼名字？」

雖然我早就知道了，不管怎麼說都是初次見面。

必須好好從她口中說出來才行。

「瑪、瑪希蘿……！我是瑪希蘿·黎切！一樣是一年級！」

「多多指教嘍，黎切。站得起來嗎？」

「可、可以……！」

她抓住我伸出的手，搖搖晃地站了起來。

再次從正面看才發現，她的長相和身材等級真的很高。

清透的藍色和翠綠色的異色瞳。

淡藍色的頭髮整理成鬆軟軟的鮑伯頭造型。

以及下方擁有自我主張的洶湧胸部！

扣好的襯衫鈕釦彷彿都要彈飛了。

「那、那個，非常謝謝您救了我。多虧貝雷特大人，我才得以獲救……」

「不必放在心上，我只是討厭那種行為。」

單純為了肯定自身就去欺辱弱者。據說博多爾多的長男很優秀的樣子，次男卻沒有這樣的傳言。也就是說，事情真相就是這樣。

哼，在邪惡方面也是害群之馬吧。

「派對馬上就要開始了，這個拿去用吧。」

這麼說著，我從口袋拿出手帕遞給她。

她的裙子上到處都是摔倒時沾上的灰塵。

就這樣去派對會受到大家的注目。

「真、真的可以用嗎……？」

「可以。用完之後就丟掉吧。」

「那、那可不行！我會好好地洗乾淨之後再還給您！」

「……這樣啊。那麼小心不要遲到了。我們在會場再見吧。」

「好、好的……！」

確定她臉上浮現笑容的我轉身當場離去。

那個表情……錯不了。

她對我的好感度正急速增加！

真沒想到所有事情都進展得這麼順利……

照這樣看，在黎切心中我應該屬於親切的那類人。

這樣一來她就算我的人了。

在一群可怕的貴族之中，肯定會來依靠我吧。

只要回應她的期待，好感度就會繼續增加，自然縮短我們的距離。

我已經能看見嘍！黎切向我告白的未來！

「您看起來心情很好呢，歐嘉大人。」

「是啊，我感覺很暢快。畢竟得到期待的結果了嘛。」

「我也為歐嘉大人是我的主人這點感到驕傲。」
愛麗絲也因為我幫助了黎切，看起來很開心的樣子。
不知道這個行動背後的意思……還能賺到愛麗絲的忠誠心，我真的很愉快。
「跟上來，愛麗絲。我所走的道路才是霸道！」
「是！我會永遠隨侍在側！」
像這樣子跟愛麗絲說著已經變成習慣的對話，我們很快就抵達會場。
「哦……還挺壯觀的嘛。」
派對會場在距離主要教學樓有點遠的地方。
映入眼簾的裝飾似乎是為了活動和慶典而準備的，甚至華麗到會讓人忘記自己事實上身處於學校中。
不過不會感到眼花撩亂，能夠從中感受到協調的美麗，或許真不愧是歷史悠久的利修堡魔法學院。
「歐嘉大人，我拿飲料過來了。」
「謝謝。」
「接下來要怎麼做呢？」
「如果按照計畫進行，我有想要先去打聲招呼的人……」

我將目光瞥向四周。

遠處圍成一圈的學生們對我射來嘲諷的視線。

「……要我去阻止他們嗎？」

「不必介意。反正大部分的人一生中不會有任何交集，不用管他們。」

再說他們不論男女應該也都感到非常不安吧。

都很擔心自己的實力行不行得通。

當精神放鬆不了時，有個貴族位階比自己還要高但是沒有魔法資質的無能之輩在，我不是不能理解他們想要靠鄙視別人來獲得一瞬間的安心。

我為了彌補無法使用魔法的不利條件埋頭於研究之中，幾乎不曾出現在公開場合。

因為明白這麼做攸關自己的弱點，父親大人在外頭也很少提及家人。

因此他們大概誤以為我被貝雷特家捨棄了吧。

「用實力回敬他們就可以了。過段時間之後瞠目結舌的人應該是他們吧。我有說錯嗎，愛麗絲？」

「沒有，正如歐嘉大人所言。」

「那就好。妳只要相信妳的主人就可以了。」

「歐嘉大人……！能夠侍奉您，我真是太幸福了。」

嗯，雖然又吸引更多目光就是了。

既然忠誠心那麼強烈，多少也為我的心情想想。

從現在開始當成日常訓練吧。

「愛麗絲，我們要去跟卡蓮和她的未婚夫打招呼嘍。」

舞臺中央有兩人在招呼接二連三來打招呼的千金小姐們，他們臉上的表情形成了對比。

其中一人是我的青梅竹馬卡蓮·雷蓓茜卡。

然後另一人則是她的未婚夫，同時也是王位繼承權順位第一的阿爾尼亞·羅狄茲尼。

「初次見面，阿爾尼亞王太子殿下。我是貝雷特公爵家的長男歐嘉·貝雷特，很抱歉這麼晚才向您自我介紹。」

因為輪到我了，我便簡單地自我介紹一下。

緊接著他就用那雙強而有力的紅色眼瞳看向我的臉，然後譏諷地說：

「啊～你就是那個沒有魔法資質的合格者啊？」

會場內的學生們都在各自談天說笑，所以王太子貶低他人的發言大概只有站在旁邊的卡蓮和愛麗絲聽見。

他就是明白這點，才會故意提起我根本沒必要提到的短處。

我面帶微笑，將王太子的話當作玩笑話繼續說：

「這件事也傳到王太子的耳中了嗎？還真是光榮。」

「當然，畢竟你很有名。你到底用了什麼手段考進魔法學院？要是有這樣的魔法，請你務必傳授給我。」

「阿、阿爾尼亞王太子，您這是什麼意思？」

「我沒有什麼特別的意思啊，卡蓮。我只是在讚揚他憑藉實力考上而已。沒辦法使用魔法還能夠待在這裡，那肯定代表他擁有驚為天人的智慧。」

貴族裡面有很多人都是這種傲慢的性格。

要說為什麼的話，那是因為貴族在這個世道是明顯的「人生勝利組」。生活中總是立於他人之上，因此習慣看不起別人。他們不會對這種行為抱有疑問。

儘管如此，大家應該都接受過跟貴族打交道的教育……看來這位王太子是隨心所欲被養大成人的吧。

「是的，正如王太子所言，我是靠實力考上的。雖然我非常想展示那份智慧，難得今晚舉辦開心的派對，這種時候說這種嚴肅話題未免太浪費了吧？」

「是啊，你說得對。太浪費時間了。」

阿爾尼亞王太子低聲竊笑。

這傢伙以為我這麼說是為了逃走，瞧不起我這個只有嘴上逞能、走後門入學的混蛋。

看來他並不相信利修堡是完全實力主義。

這世代的領頭人是這副德性，那麼會生出剛才那樣的笨蛋三人組也無可奈何。

此刻要讓笨蛋王太子蒙羞很簡單，然而這樣就違反邪惡三法則了。無法遵守自己決定的信念，這是多麼難看的生活方式啊。

因此我只是配合他，在臉上浮現笑容。

「那麼我先告退了。雷蓓茜卡小姐也是，下次見。」

行完禮後我便離開現場。由於我斜眼看見卡蓮的手在腰邊微微揮動，我也從王太子看不到的角度跟她揮手再見。

「……真是了不起，歐嘉大人。」

「真虧妳也忍住了。世界早晚會知曉我，再忍耐一下吧！」

「我相信這個未來並不遙遠。然後，我的歸處永遠都在歐嘉大人的身邊。」

「呵，說這種讓我高興的話。」

儘管愛麗絲失控很可怕，她展現出絕對不會背叛的忠誠心老實說讓我很高興。

被她這樣傑出的人肯定，這個事實令我產生自信。

好了，既然已經明白難以跟他人接觸，那就沒必要留在加深關係的派對上了，可是……

「……沒來呢。」

雖然我確認過入口了，黎切根本沒來會場。

光靠手帕這點程度的幫助還是不行嗎？

說是這麼說，要是我拿新的裙子送她，再怎麼說都太噁心了吧。

不不不，她現在一定在重新更衣。

「歐嘉大人，我再去拿一盤。」

「好，麻煩妳了。」

然後就在我打發時間的時候，眼熟的三人組不知道在竊笑什麼，邊笑邊走進會場。

因為有段距離，我聽不見他們在說些什麼，不過他們剛才的恐懼感已經消失了。

在這裡碰上面，引起騷動也很麻煩呢。

沒辦法了嗎……

「回去吧，愛麗絲。再這樣下去只是浪費時間。」

我小心不跟他們碰到面地走出會場，選擇先一步回去宿舍。

緊接著，我在大門口被舍監叫住。

「請稍等一下，貝雷特大人，有人留了一封信給您。」

「信？是誰給的？」

「是一名叫做瑪希蘿・黎切的女學生。」

「……！這樣啊，謝謝你。」

收下簡樸的信封後，我朝自己的房間走去，一邊迫不及待地打開信封閱讀裡面的信。

『歐嘉・貝雷特大人：

謝謝您剛剛救了我。

我有話想對您說，

明天早上第一堂課開始之前，能否請您來一趟後花園呢？

請原諒我總是仰賴您的溫柔。

瑪希蘿・黎切敬上。』

「歐嘉大人……這是……」

「……嗯，錯不了。」

是情書啊……！

咯、咯、咯……沒想到已經讓她迷上我了……！

是我滿溢而出的超凡魅力讓她變這樣的嗎？

雖然有些地方因為弄溼又乾掉的關係有點看不清楚，這個內容不會有錯。

明天早上我絕對會被告白。

「愛麗絲，明天早上要早點起來，今天馬上去睡覺吧！」

「遵命。」

「……看樣子接下來會很開心呢？」

「唔！是的，您說得對。」

我跟愛麗絲四目相交，笑了一會兒之後便走進自己的房間。

◇◇◇◇◇

月亮西沉、太陽東昇，隔天到來。

「……唔嗯。」

我被黎切約出來，抱著飄飄然的心情來到後花園。

在那裡等待著我的是歪臉邪笑的昨天那幾個男人——不知為何面色蒼白的黎切也站在他們的旁邊。

這些傢伙真是學不乖。沒想到才過一天又來找麻煩……

「為什麼你們會在這裡？又在找她的碴嗎？」

「不是，你猜錯了。我們是為了推作為**朋友**的這傢伙一把才會過來。」

「……什麼？」

「我們昨天被你騙倒了……但是你是傳聞中貝雷特家的那個『吊車尾』對吧？因為沒有魔法資質，被父親給捨棄了。」

「而且說起貝雷特家，那不是以惡毒領主出名的公爵家之恥嗎？」

「對他國貴族獻媚、從自治領地榨取稅金過著怠惰的生活。只不過是流著以前王族血脈的懶惰蟲！」

才不是——就算我這麼說，他們也不會相信吧。

不管是父親大人為了防止年幼的我暴露在惡意之中而將我藏起來；還是扮蠢更有利於外交活動，所以明面上他都在演戲。

以及故意放出惡評，是為了引出真正腐敗的貴族也好，這些傢伙全都不知道。

看樣子他們完全沒有跟政治沾上邊。

「就算真是這樣好了，你們又想怎樣？」

「沒什麼啦，我們只是在想她被你這樣的傢伙纏上還真是可憐。喂，快告訴他為什麼約他出來！」

黎切被他們推著背，然後出來與我面對面。

她手裡緊握著昨天的手帕，身體陣陣顫抖。

就連眼睛都慌亂地飄移，完全冷靜不下來。

「黎切，妳真的跟這些傢伙是朋友——」

「喂！快說啊！」

路亞克的怒吼聲蓋過我的話。

嘖，真是礙事的傢伙。

乖巧老實的黎切肯定會覺得公開告白很害羞，怎麼可能說得出口啊……！

當我踏出一步，準備像昨天那樣讓他們退場，這次換成黎切張開手臂擋住了我的去路。

「我、我說！」

原本低著頭的她抬起頭。

「不要再跟我扯上關係了！您是個廢物讓我很困擾！」

如此說道的黎切眼瞳裡……沒有生氣。

「昨、昨天只是您自作多情……所、所以您才會是個『吊車尾』！」

「自作多情……」

「這、這個也還給您……反正就是這樣……」

她用力將手帕塞到我手裡，然後當場離去。

當我們擦肩而過時，她低喃的話語傳進了我的耳裡。

「對不起。」

我不自覺地忍住差點跪倒在地的狀況。

我追求的惡可不能表現出難堪的模樣。

看見我被甩的樣子似乎很令人愉快，路亞克他們哈哈大笑，同時從我旁邊走過。

「事情就是這樣，你可別再去招惹人家嘍！自作多情的廢物同學！」

「啊～真是傑作啊～傑作。」

「一早就能看到這麼有趣的東西！」

哇哈哈哈的低俗笑聲逐漸遠去。

會、會錯意……這樣啊……

以為好感度有所上升只不過是我自作多情嗎……！

昨天我的態度是不是有點裝腔作勢了？

要是連手帕都不行，我到底該送什麼才對啊，可惡！

竟然選擇跟那些傢伙混在一起……果然痞子類型比較受歡迎嗎……！

「……歐嘉大人，現在去追還來得及，請問您想怎麼做？」

就算追上去也無濟於事吧。

縱然丟人，我是個自以為會被告白，自作多情的混蛋。

要是我太過纏人，可能會被告發是個跟蹤狂或是很噁心什麼的。

雖然我追求惡，卻不需要那麼丟人的惡評。

然而……然而……！那對胸部實在令人無法割捨……！

既然如此就改變作戰。

暫時先看看狀況吧。

「等時機到來再行動，現在先不管。不過，不能放過關鍵時刻。」

「遵命。」

◇◇◇◇◇

我的名字叫做愛麗絲。

是個被歐嘉．貝雷特大人撿到，開啟第二人生的女人。

歐嘉大人是字面意思上的「天才」。

在這個世界裡，沒有魔法資質是令人絕望的劣勢。假如生為貴族就更是如此。

不過歐嘉大人並沒有氣餒，反而振作起來了。

最終他總算完成只屬於自己的理論，學會就算不使用魔法也能在這個世界生存的招式。

而且，他獲得了力量卻並非用在自己身上，而是打算為了他人使用。

當我從夫人那裡聽說的時候，都不曉得流了多少眼淚。

最幸福的是我竟然被任命負責照顧如此優秀的主人在學生生活中的貼身事務，允許我二十四小時都待在歐嘉大人的身邊。

雖說宅邸裡女僕長的訓練非常慘烈，這一切都是為了敬愛的歐嘉大人。

這些都是以前一心投入戰鬥的我無法想像的事。

要是以前的我聽到我變得很會沖泡紅茶，不知道會怎麼想。

「呵……想這些沒意義吧。」

比起那些，現在的我有很重要的任務。

歐嘉大人吩咐我監視瑪希蘿．黎切小姐。

雖然他沒有明確這麼指示，有些時候理解話語中隱含的意思也是隨從該盡的本分。

歐嘉大人說過：「不能放過關鍵時刻。」

這句話的意思就是說，叫我找出黎切小姐受到那個臭蟲三人組威脅的證據。

聰明的歐嘉大人想必早就已經察覺到昨天那封信……

有淚溼的痕跡。

只是寫封信而已，用得著流淚嗎？

再把黎切小姐昨天的樣子聯想在一起，很簡單就能猜出她被那群男生強迫了。

可是沒有證據就控訴他們的話，被敷衍帶過也沒有意義。

因此，歐嘉大人才會像這樣下達指示，要我抓住他們的馬腳。

「歐嘉大人……」

我回想起歐嘉大人看起來很難受的模樣。

他應該是深深感受到讓黎切小姐哭泣的責任吧。

此刻也一樣。

都不知道流傳著多麼過分的傳聞，甚至讓人以為全班是不是都瞧不起歐嘉大人。

然而歐嘉大人一副不在意的樣子，自始至終都保持冷靜。

他正在隱忍戰鬥著。

這大概也是歐嘉大人的作戰吧。

放出流言的人八成是那個臭蟲三人組。

那些傢伙很沉不住氣，應該馬上就會因為歐嘉大人的態度而感到不爽。

這樣的話，他們極有可能會再次接觸黎切小姐。

歐嘉大人挺身而出，就是為了找到決定性的證據。

「我希望歐嘉大人能夠更加愛惜自己……但是那位大人總有一天將會成為引領世界走向和平的人。」

雖然有辦法可以制止，太過強硬地推進事態的話，反而只會降低歐嘉大人的評價。

斬草除根是最終手段。

最重要的是主人明明還在忍耐，身為隨從兼劍的我怎麼可以先沉不住氣。

「……好寂寞。」

像現在這樣分開監視的時候，歐嘉大人不在身邊。

我從胸口拿出吊墜項鍊。

一打開，裡面放著歐嘉大人前幾天剛拍下的英勇身姿。

……好，這樣就能多少排解寂寞的感覺了。

我抬頭看向黎切小姐——

「——唔！那是……！」

我看到臭蟲三人組為了不讓黎切小姐逃跑而將她團團圍住，不知道打算把她帶去哪裡。

那個方向我記得是……舊校舍嗎！

幸好開學典禮那天歐嘉大人事先掌握了學院內部。

「……他該不會已經預測到了……？」

倘若是正義的夥伴歐嘉大人，還真有可能。

假如說他是為了事先調查容易幹壞事的地方，那麼我就能理解了。

「……唉呀，現在可不是深受感動的時候。」

我急忙往有主人氣息的地方飛奔。

請再等等，黎切小姐。

歐嘉大人一定會將妳從絕望之中拯救出來。

◇◇◇◇◇

為什麼我非得遭遇這種事不可呢？

抱持著不可免俗的確切希望和對自己才能的些微期待，我在父母的目送下進入魔法學院就讀。

等待著我的卻是身分差距造成的壓力。

「我說妳啊！快點給我進去啦！」

「呀——！」

他們推著我的背，強迫我進到屋子裡。

這裡是現在幾乎已經沒有在使用的舊校舍空教室。

一屁股摔倒在地的我瞪向將我帶來這裡的人們。

「哦哦～妳那是什麼態度啊……妳的立場可以擺出這種抗拒的態度嗎，我說妳啊！」

他們的領頭人路亞克・博多爾多露出猙獰的訕笑鄙視我。

據說博多爾多家是軍部最高負責人——雷蓓茜卡公爵家的左右手。

因此他很傲慢，輕易就會像這樣做出問題行為。

反正可以把事情壓下去——他就是這麼想。

而且要解決一個平民也很容易。

「這跟原先約好的根本不一樣……！你們叫我痛罵貝雷特大人一頓，取而代之不會對他出手……！」

受到貝雷特大人幫忙的那天，他們假裝逃跑，實則盯上我一個人的時候。

然後以交換條件的名義威脅我。

『給我辱罵那個讓我蒙羞的廢物。不然我可能會用魔法修理他喔？』

『怎、怎麼可以這樣……！學院禁止課堂以外的地方使用魔法……！』

『想做的話還是做得到吧？比方說在課堂上的模擬戰鬥中不小心做得太過火之類的。畢竟我們才一年級，魔法控制不當也情有可原不是嗎？』

『唔……！』

他們說貝雷特大人沒有魔法資質，是個無法使用魔法的「吊車尾」。

我無法相信。可是如果這是真的呢……？

不論體術多麼超群，都贏不了魔法。

立場不同的我就算想要確認此事，除了當場答應以外別無選擇。

因此，取而代之我跟他們約好不能再對貝雷特大人出手，才會做出那麼過分的事情。

我難受到寫信騙貝雷特大人時都忍不住流淚。

別說償還他幫助我的恩情了，我甚至還對他破口大罵，會被討厭也很理所當然。

可是這樣一來，貝雷特大人就能過上安穩的學院生活了。

我明明這麼想，這些人卻到處散播有關貝雷特大人且毫無根據的謠言。

都是因為這樣，儘管才剛開學幾天，貝雷特大人在學院裡已經被孤立了。

「妳指的是什麼意思？我不是沒有對他出手嗎？只不過是稍微跟周遭講講話罷了。」

他絲毫沒有任何愧疚的樣子，在那邊放聲大笑。

「不過還真奇怪耶。在計畫中他應該會對我們出手，然後一舉退學！明明預計這樣，那傢伙卻一直無視我們，真的很讓人不爽。他根本沒把我們放在眼裡嗎？」

「…………」

「因～此，妳啊，再把他叫出來一次吧。」

「咦……？」

「我說再去把他叫出來一次啦。然後我們就揍他一頓。接著妳再出來作證，說差一點就要被他襲擊了。」

從魔法學院退學……？這樣一來貝雷特大人的人生就結束了。

那麼善良的人……人生會結束？

對貴族來說，平民等人是毫無關聯的存在。

儘管如此，那個人完全不求回報，單純只是因為我感到困擾就出手幫助我。

我入學的時候受到許多好奇的目光和看不起人的嘲諷。

然而貝雷特大人是唯一平等與我接觸的人。

有這樣的人在，讓我看到了希望。

……我辦不到。

我無法再次背叛那個人……！

「……不到……」

「啥？」

「……我辦不到……！」

「……不要連妳都來惹我生氣行不行啊！」

「嘎……！」

砰的一聲，他將我推倒在地。

然後他們抓著我的衣服，強行扯開鈕釦。

露出其中的內衣和胸部。

看見彈動的胸部，博多爾多微微地用舌頭舔了下嘴脣。

「妳讓我這麼煩躁，就用妳的身體幫我平息吧！」

「噫！」

「喂，你們兩個。等等會給你們樂子，先去入口把風。」

「嘻嘻嘻！我早就在注意那對胸部了。」

「真不愧是路亞克！了解！」

儘管我想逃走，他跨坐在我的身上把我限制住，我完全動彈不得。

說到底體格差異太大，就算抵抗也沒什麼意義。

……啊啊，母親、父親，對不起……

我難得提出無理的要求，你們為了讓我實現夢想，明明好不容易才讓我入學……

我閉上眼睛，至少不要看到他們因為我而高興的模樣。

緊接著，眼前浮現貝雷特大人那天幫助我的光景。

「貝雷特大人……」

「真是可惜呢。這裡很少有人過來，再說那傢伙根本不可能會來。」

說得沒錯。那個人不會再來了。

因為我親手將他推開。

……謝謝您，貝雷特大人。

能夠與您相遇是我的救贖。

「好了，那麼就要來好好享受——」

「「——唔哇啊啊啊啊！」」

突然傳來跟班們的慘叫，以及某樣東西倒下的巨大聲響。

「……為、為什麼你會出現在這裡啊……！」

博多爾多發出驚慌失措的聲音。

……該不會……不會吧、不會吧、不會吧！

「……你們這是在做什麼呢？」

簡直無法相信。但是這個聲音的確很耳熟……

「啊……啊啊……」

為什麼……您會……出現在這裡呢……

「貝雷特大人……！」

我一呼喚他的名字，貝雷特大人便把視線轉過來。

然後——他此刻正怒火中燒。

「……放心吧，黎切。」

「既然我來了，我就不會讓他們再碰到妳一根手指頭……！」

◇◇◇◇◇

「呼……」

真是舒心。

自從發生早上那件事以後，愛麗絲離開我身邊的時間就變多了。

多虧如此我才有自由的時間，能夠沒有壓力地度過學院生活。

就算是為了制定今後的計畫，一個人的時間也是有必要的。

「愛麗絲也學會理解我的心情了呢……有成長是件高興的事。」

從接觸時的態度來看，我可以看出她並沒有對我感到失望。

所以我才能像這樣一個人安心地品嘗紅茶……

因為現在是午休時間，我從教室來到露天咖啡廳。

很少有學生會使用距離主要教學樓較遠，鄰近舊校舍的這邊。

「而且也沒有那種失禮的目光嘛。」

在上輩子的黑心企業裡，我已經很習慣被人叫做廢物。

因為部長的口頭禪就是「廢物」。

我學會了無視的技能。

再說就算被那些連名字都不知道的路人甲乙丙喊廢物，我也不覺得會怎麼樣。

「問題反倒是黎切的部分。到底該怎麼縮短距離才好……」

「——歐嘉大人！」

一道足以破壞優雅下午茶時間的吼叫聲震穿我的耳朵。

「不愧是歐嘉大人，竟然早就有所察覺……！」

「……這是當然。看樣子有事發生了對吧……？」

這是騙人的。我根本什麼都不知道。

不過看她很慌張的樣子，我決定順勢說下去。

「黎切小姐！她被之前那三人帶去舊校舍了！」

「……唔！我們邊走邊說吧。快帶路！」

「往這邊走！」

我跟在負責帶路的愛麗絲身後。

雖然不清楚事情的全貌，看她著急的模樣可以確定黎切的狀況並不好。

在沒有人煙的舊校舍，痞子系的三個男人和胸部很大的女生。

推導而出的結論就是……

「非常有可能正在做……？」

「我也這麼想。」

那樣不行吧！

如此一來讓黎切加入我後宮的計畫就破滅了！

我可不能讓痞子系的傢伙為所欲為……！

「真虧妳能發現，愛麗絲。」

「不是的。我只不過是經過那天的事以後，依照歐嘉大人的指示監視黎切小姐而已。」

「…………咦？」

「『不能放過關鍵時刻』。我只是遵照歐嘉大人的話行動而已。」

「……真是太優秀了，愛麗絲。妳真不愧是我的劍。」

……難怪啊！我總算知道為什麼愛麗絲有時會不見人影了！

雖然我那句話完全沒有那個意思就是了……

我只是為了維持住當時的場面，隨便說個聽起來比較像樣的話……

不、不過多虧愛麗絲自己過度解讀，我得到再次跟黎切縮短距離的機會。

我可不能讓人任意玩弄那對胸部。

先看上的人可是我。

只要有過一次想要的念頭，不管使用什麼手段都要將其納入手中，我絕對不會放棄。

咯、咯、咯，這卑劣的手段跟以惡為目標的我很相配不是嗎？

將她從困境中救出兩次，她應該不會拒絕我的要求了。

『噫！』

「「——唔！」」

我確實聽到了黎切的悲鳴。

剎那間，我們一口氣衝向聲音的源頭。

「——找到了！」

「咦？你怎麼會出現在這裡……！」

隔著門，我跟路亞克的跟屁蟲們對上眼。

我把僵住的他們連同門一起踹飛，然後走了進去。

昏倒的跟班們已經沒有用處，我要找的人只有眼前的人渣而已。

「……為、為什麼你會出現在這裡啊……！」

「你們在做什麼？」

「貝雷特大人……！」

映入眼簾的畫面是沉甸甸的胸口袒露出來的黎切，以及解開皮帶跨坐在她身上、顯得很驚慌失措的路亞克。

跟我想像中的不太一樣……？完全不是那樣的氣氛。

倒不如說從狀況來看，好像是要被強上的樣子……難道說黎切那傢伙又被欺負了嗎？

既然如此，我該採取的行動只有一種。

「……放心吧，黎切。既然我來了，我就不會讓他們再碰到妳一根手指頭……！」

……拿下來了……

黎切用恍惚的表情看著我，絕對錯不了。

這次她對我的好感度真的提升很多！

「你、你別誤會了！我們這是你情我願！」

「……你以為這種藉口有用嗎？」

「當、當然啊！因為這個女人邀請我，我才會答應。」

「不、不是的！是這個人想要硬上……！」

「她也是這麼說的喔？再說我有確證。」

朝著我大拇指所指的方向看去，是手拿魔法攝像的愛麗絲。

「從頭到尾都拍得一清二楚。」

「魔法攝像！可惡……！」

看樣子他總算正確理解到自己已經無路可退的樣子。

路亞克失去力氣，搖搖晃晃地站起身。

「為什麼啊……為什麼老子會遇到這種事……會變成這樣，全都……全都……」

……這下可能不太妙呢。

「愛麗絲，別對這傢伙出手——由我來。」

「唔！謹遵歐嘉大人指示。」

我用手勢吩咐愛麗絲去幫助黎切。

假如我的猜測沒錯，恐怕——

「要怪你啊啊啊啊！」

——他會失控，進而使用魔法。

路亞克將手掌交疊，朝向我這邊。

「炎精啊，將我的敵人燃燒殆盡吧！『十二炎彈（Flame arrow）』！」

擊發出十二發炎彈。

正常來說一次能操控的平均數為八顆，所以他應該很有實力。

儘管沒有上過魔法學院的課，依舊有辦法控制炎彈這點也值得肯定。

「是我誤會你了，路亞克‧博多爾多。看來你很弱的地方只有腦袋的樣子。」

「現在道歉也已經來不及了！你就憎恨自己的無知，死去那邊的世界吧！」

「貝雷特大人！」

沒有魔法姿質的我無法施展能夠相對抗的魔法。

雖說如此就算要逃，數量有那麼多，而且舊校舍也會變成一片火海。

既然如此，究竟該怎麼辦呢？

「哈哈哈！去死吧！」

只要把**魔法的根源**消除就可以了。

「『魔術葬送（Delete）』。」

我口中唸出咒語，發動自己所創造出來的技術。

就在那個瞬間，炎彈打在我的身上。

「直接命中！真是個蠢貨啊！這些都要怪你反抗我。」

「——唉，就這點程度嗎？」

「……啥？」

路亞克不禁發出愚蠢的聲音。

這也沒辦法。第一次見到都會是這種反應。

畢竟就連那個愛麗絲在跟我比試的時候也很驚訝。

「為、為什麼！為什麼你沒事啊！我、我確實全部命中了……！」

「是啊，命中了。不過對我沒用，這個就是事實。」

「這、這到底是怎麼回事……！怎麼可能會有消除魔法的魔法……！」

「……接下來——」

「噫！」

聽見我變得低沉的聲音，路亞克沒出息地發出慘叫。

剛才那樣自信滿滿的嘴臉，現在已經消失無蹤。

「既然已經知道魔法無效，那麼你應該明白自己會有什麼下場吧？」

「這不可能，這不可能！反正你一定安裝了魔道具……沒錯！就算要虛張聲勢，也該有個限度！」

「既然你這麼覺得，那我就給你看看吧。」

我揮揮手證明自己手上沒有任何東西，隨後將手插進口袋裡。暴露出沒有防備的樣子，慢慢地靠近路亞克。

「竟、竟敢小看我……！『吊車尾』男！廢物！垃圾雜魚！」

炎彈伴隨著怒罵聲一起飛來。

然而它們傷不到我。他永遠都無法讓我的膝蓋著地。

發動「魔術葬送」的我一步又一步地走到路亞克身旁。

發出嘎吱聲響的地板聽起來大概像通往死亡的倒數計時吧。

眼前路亞克面色鐵青的臉龐足以說明一切。

「怎麼了？我們之間可是零距離喔？試著別射歪吧！」

「啊……啊啊……」

「來啊，我就站在這裡不動。」

我抓住他的手，抵在我的胸口。

「讓我看看你想殺死我的覺悟！」

「……唔！還、還沒結束！喂！你不管這傢伙會怎麼樣了嗎……呃，奇怪？不見了？跑哪裡去了……啊！」

要找黎切的話，愛麗絲已經把她帶回來了。

我會這樣靠近他，也是為了讓他把視線凝聚在我身上，讓愛麗絲方便行動。
「不可能丟著人質不管吧？」
「怎、怎麼會……」
路亞克失去力氣，癱軟地跪坐在地。
這下就無計可施，你已經輸了。
「先賭上性命挑釁的人是你。」
我往前踏出一步。每當我踏出一步，他就退後一步。
「當然，我想這代表你也作好自己會被狩獵的覺悟。」
已經超越青色而變成毫無血色的臉正刷刷刷地左右擺動。
「現在的你簡直就是個丟人現眼又可悲的豬。」
「啊！噫？」
後背撞到牆壁的路亞克匍匐在地，打算往右邊逃跑，不過我伸出腳擋住他的去路。
「從鄙視別人的那方變成被鄙視的那方，感覺怎麼樣？」
我大大地舉起拳頭。
不曉得這傢伙的腦中出現多麼悲慘的自己。
「疼痛瞬間就會結束喔，『吊車尾』！」

「啊啊啊啊啊啊！」

房間裡響起尖銳的慘叫。

路亞克口吐白沫、白眼一翻，然後就暈倒了。

我的拳頭根本沒打到他。

而是掃過眼睛和鼻子的前方，打擊在地板上。

也就是說，他只是因為拳壓就誤以為自己被打，然後昏倒了。

「……真是個連毒打他都沒有價值的男人。」

我拍了拍沾在手上的木屑。

「剛、剛剛那是……？魔、魔法消失了？」

「那個叫做『魔術葬送』，是我開發的技術。能在限定條件下使得魔法變得無效。」

「消、消除魔——」

我將食指放在她的嘴脣上，不讓她說出剩下的話。

因為這個技術尚未公開，是祕藏的技術。

「剛剛看到的事情能替我保密嗎，黎切？」

「唔……！好、好的！我會帶進墳墓裡！」

黎切滿臉通紅地點了好幾次頭。

「魔術葬送」是沒有魔法資質的我為了在這個世界生存下去，而創造出來的祕術。

這個世界有無法用眼睛看見，名為精靈的存在。

藉由給予精靈魔力，祂們能發揮出力量，引發超常的現象——那便是魔法。

魔法資質顯示的是你有沒有適配該屬性精靈的魔力。

打個比方就是你給精靈喜歡的東西，精靈會發動魔法當作回禮。

而我沒有魔法資質。

我的魔力對精靈們來說比較像是一種毒。

那麼，如果我用來干涉的魔力遠超於供給的魔力量，結果會怎麼樣呢？

受到痛苦的精靈會取消魔法的發動，魔法本身會消失。

「這樣就可以了……嘿咻。」

為了制止他們的行動，我用路亞克他們的制服將他們綁起來。

剩下只要把路亞克他們連同照片一起交給學校，這些傢伙應該就會被退學，成為永遠的笑柄吧。

再也不會出現在舞臺中心。

被找碴就全力反擊。就算動用貝雷特家的力量，也要將其擊潰。

「晚點跟父親大人也說一聲好了。」

接下來，比起那些事情……

「身體有沒有哪裡不對勁？」

「……唔！」

我一向她搭話，黎切便嚇得肩膀開始顫抖。

她會有這個反應也無可厚非。

畢竟她把我這個救了她的人叫做「吊車尾」。

當然會有罪惡感。

「那、那個……我……對貝雷特大人……說了很過分的話……」

——然而很遺憾。我是那種會利用罪惡感趁虛而入的壞男人。

黎切真是個男人運很差的傢伙呢。

看上她的不是路亞克就是我這樣，只有兩種選擇。

可是，我可沒有溫柔到會去同情這種事。

反而要故意裝得很溫柔。

「不用放在心上。比起那個，來，用這個遮一下前面吧！」

我拿西式制服外套披在她的身上。

這就是糖與鞭子。像這樣一點一點地讓她感到感謝，她就無法拒絕我的要求。

這是總有一天創造出對我言聽計從的瑪希蘿．黎切所做的計畫！

咯、咯、咯……能夠臨機應變地應對，立刻想出如此陰險的方法，我還真是可怕啊。

「……對不起、對不起……！我……沒有資格讓貝雷特大人對我這麼溫柔……！」

「跟人交好不需要什麼資格啊。」

「可是我背叛了貝雷特大人……假如我相信您，就不會傷害到您了……！」

這、這傢伙……好麻煩啊……！

我都說沒關係了，這件事到這裡就該結束了啊。

這也是貴族和平民的身分差距造成的認知不同嗎？還是說黎切本來就是個責任感很強的孩子呢？

……不對，應該兩者都有。

「我……我……我得受到懲罰才行……！」

「既然如此，那麼妳就在我的身邊，為了我活下去吧！」

「……咦……」

「妳那時候不是說過嗎？說我是『吊車尾』。」

我用那天借給她的同一條手帕輕輕擦拭她的眼淚。

剛剛眼神一直都很黯淡的黎切開始散發光芒。

「那麼，妳就永遠待在這個『吊車尾』身邊吧。絕對不准離開喔。跟廢物在一起一定會很累吧——這就是妳的懲罰，不接受任何反駁。」

我不容分說地中斷話語般站了起來。

「追隨我吧，**瑪希蘿**！**我們**的霸業接下來才要開始！哈～哈、哈、哈！」

我自己也很訝異能夠一口氣講出這些話……不過講得挺好的不是嗎？

若無其事地作出「妳是屬於我的」宣言，只要黎切同意就能取得她的承諾。

何況還有愛麗絲當我的證人，黎切應該也拒絕不了。

那麼，黎切會有什麼反應呢？

「貝雷特大人！」

「唔喔！」

她突然飛撲過來，將毫無防備的我直接推倒。

怎、怎麼了？突然要反叛我嗎？

這樣抱著我，胸、胸部還壓在我身上，就算想撤回也沒辦法！

不過，我還想再稍微享受一下，所以就暫時維持這個姿勢吧！

「……歐嘉大人真是溫柔呢。」

咦？哪裡溫柔了？

反倒是個趁機奪走瑪希蘿人生的超級惡人吧……
愛麗絲果然缺根筋。
她跟一般人的想法大概不一樣吧。
之後直到瑪希蘿離開為止，我都沉浸在這幸福的觸感之中。

◇　◇　◇　◇　◇

簡單地統整一下那個事件的後續吧。
路亞克等人全都被退學了。
這是理所應當的結果。
博多爾多家似乎想要動手腳，不過父親大人替我封殺他們了。
他們大概會永遠背負著「變態」這個有損名譽的稱號活下去吧。
作為博多爾多家的汙點，或許連存在本身都會遭人冷眼相待。
不過這全都是他們自作自受，絲毫不用同情他們。
而且我感覺愛麗絲的忠誠心又更上一層樓，事情結束之後發現全都是好事。
比起那些，最大的收穫是……哦！說到魔鬼，魔鬼就出現了。

宿舍門口有個一邊擺弄頭髮，一邊等人的少女。

「您早……不對，早安，歐……歐嘉同學。」

注意到這邊的瑪希蘿朝我跑了過來。

我……一直夢想著有個可愛青梅竹馬的生活呢。

因此，我禁止她使用敬語，也禁止加上尊稱。

雖然還很生硬，今後應該會慢慢習慣。

我要讓她從小願望開始答應，之後再變成大願望。

咯、咯、咯，完全不曉得自己要被我馴服了，還笑得那麼悠哉。

這種和平的時光能持續到什麼時候呢……？

「早安。等很久了嗎？」

「不、不會。我也才剛到而已……」

這個對話真不錯呢！

嗯嗯！真的太棒了！

跟上輩子無緣的發展讓我差點笑出聲。

像這樣努力得到回報的瞬間真是暢快。

「聽、聽我說，歐嘉同學，我想說要把這個還給你……」

這麼說著，她從書包裡拿出對我們來說很熟悉的手帕。

這麼說來……那天她哭得太過火，導致整張臉變得很悽慘，我就把手帕借給她了……

我正打算收下的時候又直接撤回了手。

「歐嘉同學？」

「那個妳拿著就好。」

「咦？可是這個上面有貝雷特家紋的刺繡，應該是很重要的東西……」

「沒關係。我希望妳能拿著它。」

每當瑪希蘿看見這條手帕，應該都會想起那個事件吧。

我要讓她經常記起對我的罪惡感。

多麼地邪惡啊……！

「歐嘉同學……」

瑪希蘿緊緊把手帕壓在胸口。

「——謝謝你。」

她似乎打從心底感到高興，發出高昂的聲音。

「我會珍惜一輩子！」

她臉上綻放出非常幸福的笑容。

◆Stage-Sub◆ 我珍視的朋友日記

入學利修堡魔法學院已經一星期了。

我想我這輩子一定都不會忘記這七天發生的事。

被人欺負的恐懼、傷害他人的罪惡感、作為人的尊嚴被踐踏的痛苦。

——以及那個人幫我把這一切都覆蓋過去的溫暖。

歐嘉．貝雷特同學。

他是我的救命恩人，非常溫柔且強悍……就好像女孩子都曾經幻想過的王子一樣。

然而我怒罵了那麼出色且救過我一次的人。

我說他是沒有魔法資質的「吊車尾」。

我明明知道言語有時比刀刃還要銳利……我一定傷到他的心了。

可是，歐嘉同學不但全都理解，還叫這樣的我待在他身邊。不論是我懷抱的罪惡感還是過錯，他連同那些都一起接納了。

在那個剎那，一道溫暖的光射進我一直沉浸在黑暗中的日常。

現在手邊也還有歐嘉同學的手帕……

一看到那條還有他些許味道的手帕，我的表情就不自覺放鬆下來。

當時我的感情過剩，沒有多想就抱住他……現在回想起來實在太羞恥，害我一雙腳經常在床上亂踢一通。

我的人生已經屬於歐嘉同學。

我決定這條命要為歐嘉同學而用。

今後要比以往更加更加地努力。

為了以後不是站在歐嘉同學的身後，而是增加自身實力到足以站在他的身邊。

然後總有一天……希望我在別種意義上也能站在歐嘉同學的身邊！

Stage1-2 悄悄朝「聖者」邁進一步

汗沿著臉頰流下來，滴答一聲落在地上。

正在用倒立姿勢單手做伏地挺身的我一邊深深吐氣，一邊朝右手指尖出力。

「九十九…………一百…………！」

我將兩手撐在地上，這次換成左手。

同樣做完一百下的一組。

這樣早上的例行訓練就結束了。

「歐嘉大人，需要增加砝碼嗎？」

「今天先這樣就行了。」

「遵命。」

懷裡抱著大約十公斤重砝碼的愛麗絲輕輕將其放下。

此刻，我的雙腳各自負重五十公斤，加起來總共一百公斤的重量。

我能夠承受這麼重的訓練量，應該都要歸功於這個世界賦予的肉體吧。

雖然是我自己的推論，我猜這個世界為了維持平衡，**盡了非常大的努力**。

平民本來就沒有辦法使用魔法，所以沒有什麼補償，但是我流著貴族的血統。

在這個世界裡明明身為貴族，事實上卻無法使用魔法，是相當不利的要素。

為了填補這個缺陷，我被賦予了超乎常人的強韌肉體。

儘管只是猜測而已，我覺得應該跟事實相差不遠。

因為名留青史的魔法使大多不擅長運動，或是都很早逝。

歷史書上也記載，初代聖騎士總隊長也同樣身為貴族卻無法使用魔法，憑藉一把劍斬殺了無數魔物。

「……我的臉上沾到什麼東西了嗎？」

「沒有，我只是在想妳沒有貴族血統真的很不可思議。」

「記憶中我的父母雙方都是平民出身…………要是他們還健在，我就能問他們了，非常對不起。」

「妳沒必要道歉。抱歉問了妳這麼多次。不管是什麼事情都可能有例外嘛。」

愛麗絲異常地從出生起就是大猩猩腦袋。

現在就先這麼下定論吧。

「……好，差不多就這樣吧。」

——就在我思考這些事的時候，已經達成目標次數。

同樣也在計算次數的愛麗絲幫我把重物卸下來。

當我變輕盈的腳慢慢著地、站起身時，就看到她手上拿著毛巾。

「我來替您擦拭。」

雖然我也可以自己擦，這樣就等於搶了她作為女僕的工作。

而且讓一位美麗的女性擦拭自身的汗水……聽起來是多麼美妙啊。

由別人替我幹的話，我就不推託。

這也是身為貴族才能享受的事。

「力道還可以嗎？」

「沒問題。妳進步了呢。」

「這都要多虧歐嘉大人。」

那時還不習慣工作業務的愛麗絲非常笨拙，很不擅長控制力道。

要不是有這個肉體，我應該撐不下去。

擦個汗能讓背發出嘎吱嘎吱的聲音，在這世界上也就只有我經歷過了。

在我感受著時不時吹在身上的吐息造成的搔癢時，動作開始從上往下移動。

現在我的上半身明明裸著卻不感到害羞，是因為我有鍛鍊的關係嗎？還是因為愛麗絲的視線沒有下流的感覺呢？

「那麼，今天也請讓我作個確認。」

這麼說著，愛麗絲開始慢慢地觸摸我的肉體。

這行為是愛麗絲所謂的確認肌肉。

像是有沒有變得不均衡，或是有沒有造成過多的負擔。

愛麗絲作為聖騎士，是培育了眾多騎士的專家，在戰場上的經驗也很豐富。

術業有專攻。因此我也很相信她，交給她判斷。

「…………沒有問題。非常順利。」

最後她離身，看了下全體後作出沒有異常的評論。

「這樣啊，辛苦了。」

「不會，能幫上歐嘉大人是我的光榮。」

「我去把汗沖掉。畢竟學院長叫我等等去找她嘛。就照我剛剛說過的，妳就先……」

「先去教室，擔任黎切小姐的護衛。」

「麻煩妳了。因為我不在的時候，她毫無防備。」

自從那次的事件被同學們知曉以後，瑪希蘿就被大家避而遠之，不曉得之後會有什麼樣的變化。

雖說有我這個靠山，這裡的學生們——特別是一年級——不知道會做出什麼事情。

而且我不讓愛麗絲同行的理由不只這個。

「學院長好像是主動要求與我面對面談話。偶爾聽聽長輩的要求也不錯。」

「歐嘉大人，請您千萬要小心。」

「不用擔心。我不會做出會讓妳擔憂的那種失態。」

臉上浮現冷冷微笑的我中斷對話，進到淋浴間裡頭。

◇◇◇◇◇

利修堡魔法學院由四棟大樓和學生宿舍組成。

主要教學樓充斥學生生活主要活動的教室。

保管備品之類的物品，實則被當成倉庫的舊校舍。

設有魔法演習或實際演練練習場的實技樓。

這些都是大規模的建築物，剩下的一棟由於使用用途有限，比別棟都要來得小一倍。

那就是教職員樓。

老師們都附有各自的個人房間，最上層則是學院長的最高領導，也就是學院長室。

然後，被一封寄來宿舍的信叫出來的我現在正坐在學院長室的沙發上。

「感謝你一早就過來一趟，貝雷特同學。」

坐在正對面的是一位臉上有皺紋的初老女性。

名叫芙羅娜・米爾馮緹。

她的別名「雷擊芙羅娜」可說是無人不知無人不曉，就算說她是留下無數戰績的英雄也不為過。

雖然她最終也不得不服老，從戰線退了下來，跟她面對面對峙以後能清楚地感覺到——

她完全沒有衰退。

鋒芒逼人得令我全身都感受到壓力。

「那麼特地迴避愛麗絲也要跟我談的事情是什麼？路亞克的事情已經結束了吧？」

自從那傢伙退學以後，已經過了一個月。

在那之後除了瑪希蘿以外，我再也沒有接近其他人，當然不可能引發問題。

「呵呵，我今天是為了私事才叫你來喔。我想跟你聊聊。」

米爾馮緹學院長將裝滿紅茶的杯子遞給我。

配合她跟著喝了一口之後，我立刻感覺到僵硬的肌肉得到鬆弛。

「看樣子你的緊張舒緩了呢。」

「跟您這樣的英雄面對面，沒有學生會不緊張。」

畢竟我的目標是成為惡毒領主。

現階段我想避免被位居正義的她盯上。

我這樣的心情似乎表現得太明顯了。

「哎呀呀，真是厲害。不過，換作是我就沒辦法救她。」

「她……？」

「我指的是瑪希蘿・黎切。今天就是想針對那件事跟你道謝。」

她將茶杯放在桌上，臉上浮現出柔和的微笑。

「謝謝你。沒有失去她那樣珍貴的才能就能解決此事，這之中的功勞不是因為別人，正是因為有你幫忙。」

「我只是做了我認為該做的事情而已。」

而且遵循慾望行動是正確的。

我猜瑪希蘿本來的性格應該很開朗。或許是因為周圍的人都是貴族這種格格不入的環境，使她變得瑟縮起來。

隨著我們每天在學院裡幾乎都待在一起，她在好的意義上逐漸不再那麼客氣，肢體接觸也增加了。

更重要的是，每當有開心的事她都會蹦蹦跳跳，有時太高興還會跑過來抱我。

胸部萬歲！學院生活超讚！

「人有百百種。在這個只要是貴族就必定擁有魔法資質的言論當中，沒有任何魔法資質的你會過得很辛苦也說不定，因此我很猶豫究竟要不要讓你錄取……看來我那時的選擇並沒有錯呢。」

米爾馮緹學院長一臉開心地笑了笑。

不對，妳大錯特錯。

瑪希蘿如今已經是我的人。

我已經可以看見她任我為所欲為的未來……！

當然，我不會表現出來就是了。

「不過，沒有魔法資質的你能夠跟完全相反的黎切同學成為朋友，這也是命運吧。」

「……您的意思是？」

「瑪希蘿・黎切同學跟你剛好相反，她是因為魔法實技成績優良才獲准入學喔。雖然你身為貝雷特家的兒子，說不定打從一開始就知道了。」

「……這點我無可奉告。」

我疏忽了！

我光靠三圍和全身照就決定了！

畢竟使用魔法的演練也還沒開始，這麼說來我根本就不知道她的實力……

「你應該知道，在這個世界只會被賦予一種資質這個大前提吧？」

「知道，因為是常識。」

「可是有時會出現擁有多個資質的孩子，然後黎切同學擁有風和水兩種屬性的資質。這是很出色的才能。能夠不扼殺掉才能的新芽解決整件事，請讓我以學院代表的身分再次向你道謝。」

由於她打算再次低頭致謝，我便用手制止了她。

「學院長先前就謝過一次了，我已經充分理解您的心意。」

因為我根本就沒有那個意思，太過受到他人讚賞讓我有點不好意思……

應該說我本來也沒打算行善，所以想避免受到莫名的罪惡感影響。

「那麼課程要開始了，我先告辭了。」

等等回到教室以後，讓瑪希蘿施展魔法給我看看吧。

我一邊這麼想著，一邊離開學院長室。

「……那就是歐嘉·貝雷特。」

史上第一個在魔法學院的入學考試上以「筆試」考得滿分，「技術測驗」獲得零分，成績合格的男人。

要不是我們學校渴求傑出的才能，否則他應該會不及格吧。

因為我想用這雙眼確認，才將他叫了過來……原來如此，是個有趣的人。

那個男人……起初在戒備我。戒備被稱作「雷擊芙羅娜」，身為英雄的我。

如果是一般學生還可歸咎於緊張，然而他是貝雷特家的人。

那個從事密探活動、會蒐集情報，擅於情報戰的家族。

搞不好在哪裡聽說過某些關於我的可疑傳聞。

今後得更加小心，不要留下行蹤才行。

「不過話又說回來，她還真是被庇護在一個麻煩的地方呢。」

沒想到預計拿來當作**實驗道具**的瑪希蘿·黎切會被人奪走。

這全都要怪博多爾多家的那個笨蛋。

就算貴族的地位在平民之上，哪有笨蛋會在剛開學的時候就引起問題？

「……哼。算了，也罷。反正有意想不到的收穫。」

那就是博多爾多家的笨蛋兒子在做筆錄說過的一句話。

『我的魔法消失了！我說真的！那傢伙在謊稱自己不會使用魔法！』

消除魔法的魔法？

希望他別給我開玩笑。

貴族為什麼能成為貴族？

答案取決於他有無魔法資質。

雖然平民之間也會突然發生變異，偶爾會誕生出具有魔法資質的人，數量上來說是壓倒性地稀少。

因此平民不會對貴族發起叛亂。不對，應該說他們辦不到。

當然，貴族並非只是靠稅收度日，還必須討伐魔族之類的作為代價，提供百姓和平。

即使如此還是會積累不滿。

要是能夠使魔法無效的技術流傳開來，世界的秩序會亂掉。

「貝雷特家族都統一口徑說他沒有使用魔法。然而，假如這是事實……」

根據入學時的資料來看，他的隨侍是平民出身。

那個女僕也很可疑。我目前只有看過照片確認所以無法斷言，但是**我見過她**。

她遭到放逐以後過得怎麼樣了，晚點來調查看看好了。

不過，要是我的猜測是正確的呢？

一個是單靠劍術就晉升為騎士團總隊長的怪物。

一個是世界少有的複數魔法資質持有者。

意想不到的力量都聚集在歐嘉．貝雷特身邊。

「由於沒有魔法資質，身處貴族社會能夠正確理解人民苦楚的男人啊……」

那傢伙在圖謀什麼？

是想成為百姓的英雄嗎？或許意外地只是個被女生包圍就飄飄然的笨蛋也說不定呢。

「……呵呵，這不可能吧。」

雖然還看不出他的目的，他有可能會妨礙到我長年以來追求的夢想。

既然這樣，就得除掉他才行。

「——蕾娜。」

「是的，學院長。」

呼喚名字之後，原本在學院長室相連的其他房間裡待命的淡桃色頭髮少女走了出來。

「就交給妳來監視他了。也推薦他進入學生會吧。這樣一來作為學生會長的妳應該也會比較輕鬆。」

「呵呵，您替我考慮這麼多，我覺得很高興。」

依舊是那個眼睛沒有笑意的微笑。

二十四小時都維持那張做作的表情。

雖然她是我的徒弟，依然是個會讓人覺得噁心的孩子。要不是擁有才能，我那個時候也不會把她撿回來吧。

「要是他有什麼可疑的行為……妳懂吧？」

「我明白。我會賭上蕾娜・**米爾馮緹**之名——了結他的人生。」

◇　◇　◇　◇　◇

魔法學院的教室很寬敞，採用兩名學生共用一張桌子，確保前後間隔充裕的配置。

為了讓像我這樣的隨侍不干擾到上課，教室最後方設置了待命區域。

滴答滴答的秒針聲響，即使在喧鬧聲中也聽得一清二楚。

一秒好漫長。

鄰近上課時間，我正在等待我敬愛的主人回來。

「歐嘉同學是怎麼了啊？」

向我搭話的人是歐嘉大人拯救的少女瑪希蘿・黎切。

是歐嘉大人在這個學院裡第一想要的人才。

在為數眾多的名門子弟當中，可能有人會想為什麼會選擇她？

然而，只要知道她是「複數魔法資質持有者」後，應該無論是誰都可以理解。

透過貝雷特家的調查掌握到情報的歐嘉大人看都不看別人一眼並勸服了她。

這樣一來歐嘉大人又集結優秀的人才，往他所追求的正義實現又更進一步了。

不愧是歐家大人。

「歐嘉大人似乎也不清楚的樣子。很遺憾，我們直到他回來以前都無法得知。」

這當然是謊言。

歐嘉大人被叫去的原因大致可以推測出兩種。

其一，芙羅娜·米爾馮緹發現我的真實身分了。

她的人面很廣。

作為人類英雄的一人，她也傾力培育繼承人，頻繁地出現在各種地方。

當然，她時不時也會造訪騎士團，跟我也交談過幾次。

至於另外一種可能，就比較麻煩了。

不知道她是否察覺到歐嘉大人的「魔術葬送」了呢？

我們統一口徑隱瞞了有關「魔術葬送」的事情。

可是那個博多爾多家的臭蟲就沒辦法叫他這麼做了。

倘若對方只是一般的魔法使，那麼還有可能會以為是博多爾多家的臭蟲在胡說八道，無視他說的話吧……

換作是芙羅娜，萬一她有所猜測，就有可能會試探歐嘉大人。

畢竟「魔術葬送」是有可能顛覆世界的技術。

近幾年與魔族之間的領地爭鬥好不容易才告一段落，這次卻即將爆發貴族與平民的人類鬥爭。

一直都在戰場上的芙羅娜為了避免新的戰爭火種發生，就算採取行動也不足為奇。

然後，這種事連經常被別人說腦袋只有一根筋的我都想得到。

歐嘉大人肯定全都看透了，然後在顧慮黎切小姐吧。

為了不讓她自責，「魔術葬送」是為了救她才會使出的這個事實。

不愧是歐嘉大人。

「……馬上就要開始上課了呢。」

「米爾馮緹學院長應該不會讓學生上課遲到……看來我說得沒錯呢，黎切小姐。」

「啊，歐嘉同學！」

黎切小姐喊出名字的瞬間，教室內立刻安靜下來。

歐嘉大人不論好與壞，都是很引人注目的人。

剛開學時謠傳他沒有魔法資質、是走後門考進學校——他們當然很清楚這種事情根本辦不到，可是還是說他的壞話——瞧不起他是惡毒領主的兒子。

然而，自從歐嘉大人從霸凌中拯救黎切小姐以後，風向就開始變了。

他們現在知曉自己曾經嘲笑過的無能對象所做的善舉，開始對他抱有罪惡感。

只要歐嘉大人繼續活出自己的風采，總有一天小看我主人的人應該都會消失。

「歡迎您回來，歐嘉大人。」

「歡迎回來，歐嘉同學。你們聊了些什麼呢？」

「只是閒聊而已。比起那個，我現在有件想做的事。」

歐嘉大人這麼說完便拎起自己的學校書包，直接往外走了出去。

「歐、歐嘉同學？要開始上課了喔？」

「蹺掉。瑪希蘿當然也要一起蹺課。跟我來。」

「咦、咦咦！」

「我們去實技樓。因為我有想看的東西。」

「等、等一下啦！」

儘管黎切小姐感到很驚訝，動作卻沒有任何猶豫。

她將攤在桌上的教材塞進書包後，便站到歐嘉大人的身邊。

呵呵，她的忠誠心也相當不錯。

那麼，我也跟在後面吧——

「愛麗絲，妳跟老師說我們身體不舒服以後再來找我們。」

——我哭了。

◇　◇　◇　◇　◇

「等、等等我，歐嘉同學！」

我們快步走路的腳步聲在走廊上迴蕩。

我都不曉得瑪希蘿擁有複數魔法資質。

因為只有她是僅靠照片給我的第一印象就下決定。

「不過怎麼這麼突然？說什麼要去實技樓。」

「我很好奇同時使用兩種屬性的魔法會是什麼感覺。」

我想掌握能夠讓芙羅娜・米爾馮緹看上的實力究竟是怎麼樣。

能夠同時操控別的屬性嗎？

魔力的消耗量會改變嗎？

要以什麼印象來讓魔法發動呢？

我本來為了彌補沒有魔法資質的缺陷，汲取了各種知識。

看見瑪希蘿的魔法以後，搞不好我會想到什麼新的技術。

而且我也想試著蹺一次課看看。

剛好有個好藉口擺在眼前，沒有理由不蹺。

「咦？所以你本來不知道我魔法資質的事嗎？」

「是這樣沒錯，有什麼問題嗎？」

這這這樣又有什麼關係？不如說多虧如此，才不會被人察覺我打從一開始就在調查瑪希蘿啊？

完全按照我的作戰進行啊？

不知道在對誰解釋的藉口不斷地冒出來。

「沒有，超棒的！」

她滿面笑容地抱住我的手臂。

雖然搞不清楚狀況，胸部實在太棒了，所以我沒有深思。

「就是這裡嗎？」

「唔哇！近看還真大呢～」

走一段時間後，我們抵達實技樓的入口。

主要教學樓已經很大了，實技樓更是大上了好幾倍。

由於會實際施展魔法，要是在狹窄的密閉空間引發爆炸之類的事故，那麼將會產生巨大的傷害。

就算是為了學生的安全著想，也要確保足夠的面積，因此這裡全部由六塊區域所組成。

「好，進去吧！」

「嗯！我會讓歐嘉大人看到我帥氣的一面喲！」

我們意氣風發地準備踏入。

可是大門紋風不動。

「奇、奇怪？怎麼會？」

「……這個被魔法鎖住了吧。」

我從小就持續在鍛鍊肉體，所以對力氣很有自信。

將愛麗絲納入手中之後，更是增加了困難的訓練。

雖然大門看起來的確很厚，還是不可能絲毫不動吧。

也就是說，認為它是因為某種原因才打不開會比較妥當。

「唔唔唔唔……！」

儘管瑪希蘿在一旁努力到面紅耳赤，依舊徒勞無功。

校內禁止使用未經許可的魔法。

實踐課程要在一個多月以後才會安排。

我不可能等到那時候。

就沒有其他路可走了嗎？

乾脆從外牆爬上去好了。

我們開始商討是否採用這種魯莽的提議。

緊接著，一道會打斷他人思考的清脆聲音傳進我們的耳中。

「一年級生禁止單獨進入實技樓喔，兩位同學。」

回頭一看，我們發現有一個淡桃色長髮及腰的身影。

她身穿與我們不同的白色制服，優雅的舉動宛如天使一般。

她擁有所有人的目光都會被奪去的美貌。

我也不禁凝視著她。

「初次見面，我是蕾娜·米爾馮緹。是光榮利修堡魔法學院的學生會長。」

雖說如此，吸引我的並非她的美貌。

而是深黃色的眼瞳。

她的眼瞳就像轉生前的我，完全感覺不到生氣。

「要是能夠好好相處，我會很高興，貝雷特同學、黎切同學。」

總有一種她露出的表情和說出來的情感不一致的異樣感。

蕾娜·米爾馮緹。

是芙羅娜·米爾馮緹的第一弟子，從一年級開始就擔任魔法學院學生會長的明日之星。

作為引領下個世代的年輕人，備受國民的期待。

因美麗的容貌與卓越的才能而獲得別名「被神眷顧的孩子」……嗎？

我在照片上看到的樣子和本人站在眼前的樣子，給我的印象很不一樣。

因為我無法使用魔法，致力於鍛鍊肉體。

骨骼、各部位的使用方式，以及肌肉的連動。

為了隨時都能發揮出十成以上的實力，我積累了很多知識。

所以，儘管我很明白，總覺得相對於那個體格，胸部大得不太自然——

「——你這樣盯著我看，我會害羞。」

「……唔！」

在我將視線往下移動的瞬間，她便已經拉近距離來到眼前。

竟然沒看到她的動作……！

明明都已經進入我的視野之中了……！

露出動搖的模樣就太遜了，所以我努力保持冷靜地回覆她：

「我只是不禁看入迷了而已，請別在意。」

「哇……呵呵，回答得真好呢。可以理解為什麼黎切同學會被你說服了。」

不過——她接著這麼說。

「我希望你可以稍微露出笑容再說這句話，表情都變僵硬嘍。嶄露笑容最棒了。」

米爾馮緹將我的雙頰向上提起。

……哼，還真敢說。

沒在笑的人究竟是誰啊？

要是我舔了她的手指，她會有什麼反應呢？

「感謝妳的教誨。」

「我很喜歡誠實的孩子喔。」

「我們真合得來，我也這麼認為。」

我們視線相交，火光劈里啪啦地綻開。

沉重的寂靜包圍現場，此時打破靜默的人是獨自被晾在一旁的瑪希蘿。

「呃……那個，不可以吵架……！」

瑪希蘿拉著我的手臂，將我從學生會長身邊拉開。

多虧被胸部夾著，讓我取回冷靜。

沒錯。在這種地方對峙也沒有任何意義。

我要愉悅地享受異世界生活。

既然此刻對方過來向我搭話，這難道不是結緣的絕佳機會嗎？

只要在這裡給她留下好印象，即使將來我作惡，她應該也會比較難懷疑我。

「謝謝妳，瑪希蘿。我冷靜下來了。」

「不客氣。能這樣就好。」

「米爾馮緹學生會長，剛才的種種失禮了。」

「……不會，請別放在心上。我是魔法學院的學生會長，很高興能夠跟備受期待的兩位新生交流喔。」

她笑瞇瞇地原諒了我。

「不過，我不得不生氣也是事實。為什麼兩位會來這種地方呢？現在應該是上課時間才對啊？」

「這、這個嘛～因為……」

「因為課程太無聊了，我想要更有意義地利用時間。」

「歐、歐嘉同學！」

因為她說喜歡老實的孩子，我便試著坦白。

對於從小就浸泡在魔法理論當中的我來說，課程很無聊是事實。

「哈哈哈。確實對貝雷特同學來說很痛苦也說不定呢。」

「米爾馮緹學生會長也有一樣的想法吧？」

「這是祕密。不過……你們看這樣如何？由我來給你們上實技講習……怎麼樣？」

「……！」

「學、學生會長嗎！」

「雷擊芙羅娜」第一弟子的她親自為我們講習。

肯定會有我也想像不到的歲月沉澱下來的技術。

累積龐大的金錢都不曉得能否實現的機會突然降臨在我們眼前。

「既然會來到實技樓，就代表你們想要練習魔法對吧？如果是為了可愛的學弟妹，我倒是無所謂喔？」

啪的一聲合起手，她微微傾著頭。

「其實我從之前就想跟兩位聊聊呢～所以這樣剛好。」

學生會長握住我們的手。

她的小手比想像中還要有力且堅硬。

「雖然時間點有些早……我本來就打算在不遠的將來主動跟你們接觸。新生當中知識含量最豐富的貝雷特同學，以及複數魔法資質持有者的黎切同學。」

……原來如此。

「我想邀請兩位加入學生會。」

來這一招嗎？

看穿她的目的後，我的興奮感瞬間冷卻。

咯、咯、咯，還真是好險啊。魔法宅的血在騷動，險些害我沒辦法作出正確的判斷。

直白地說，她真的很可怕。

……竟然讓身為天才且邪惡的我這麼覺得！

「我拒絕。」

我明確地表達出拒絕的意思。

學生會長的真正目的是要將我綁在自己目光能及的地方。

她擔心瑪希蘿會落入我的手中，所以先來封鎖行動吧。

畢竟再這樣下去，優秀的人才就會被預計成為惡毒領主的我所使喚了。

她大概是為了不讓我這麼做才接近我們，我可不會讓她稱心如意。

像這樣裝得很溫柔的樣子前來親近，然後在我們大意的時候偷襲。

真是野蠻的肉食動物啊，學生會長大人。

「……可以告訴我理由嗎？」

「我現在想專注在自己想做的事情上面。」

「貝雷特同學，假如加入學生會，你的評價會反轉喔？」

「我對此根本一點就不在意。」

「……這樣啊。那還真是可惜。」

不知道是不是我的意志很堅定，學生會長放棄了。

「不過我隨時都等著你們喔。要是改變心意了，請不用客氣且跟我說一聲。」

她輕輕放開我們的手，接著就這樣從我們之間穿過，朝大門的方向走去。

「來吧，請進。只要有我陪同，就可以進去實技樓。」

這個提案也是為了評估我的實力。

我當然不會接受。

「不用了。我們才剛拒絕妳，不能讓妳為我們做那麼多。我們會放棄，然後回教室。」

「就、就是啊。對不起，學生會長。枉費妳的一番好意。」

「……明明用不著跟我客氣。」

「歐嘉大人——！讓您久等了——！」

恰巧在適當的時機，耳邊傳來愛麗絲的聲音。

「同伴在呼喚我，我們就在這裡告辭了。」

我們轉身背對學生會長，然後離開現場。

腳步聲沒有跟過來。

雖然沒能看到瑪希蘿的實力很可惜……

「歐嘉大人？您不去實技樓了嗎？」

「是啊，其實……」

我們一邊走一邊告訴愛麗絲事情的經過。

然後咚的一聲，愛麗絲敲了一下自己的手。

「歐嘉大人，既然如此我剛好有一個好消息。」

「好消息……？說來聽聽看吧？」

「我有個熟人在經營孤兒院，其實有人盯上了那片土地。最近那些傢伙的騷擾好像很嚴重的樣子……我本來想和歐嘉大人兩人一起負責此事，不過黎切小姐要不要也一起參加，好累積實戰經驗呢？」

「哦～……這樣還不錯呢。」

我記得在學校外面的話，確實使用魔法也沒關係。

只要讓瑪希蘿在安全的位置協助我們，應該就能知道她的實力。

雖然擅自把我算在內讓我不是很認同，反正不管怎麼樣我都得上場吧。

要是全部交給愛麗絲，在我利用那些壞人之前，他們應該全員都會被殺掉。

對於想要確保將來各種賺錢渠道的我來說，必須阻止這樣的狀況才行。

到這邊都還是一石二鳥，不過還有另一個益處。

那就是可以賣人情給孤兒院。

孤兒院裡應該有很多孤苦無依的小孩子。

也就是說，可以確保勞動力。

他們應該會無條件相信我這個從壞人手中將他們救出來的人才對。

只要瞞著愛麗絲，讓他們在契約書上簽名，那他們就屬於我了。

咯、咯、咯……抱歉啊，陌生的孩子們。

為了我光明的未來，成為我的糧食吧。

「瑪希蘿，妳可以嗎？」

「可、可以……！我早就想過這一天遲早會到來……而且我也想幫上歐嘉同學的忙！」

本人也有幹勁。那麼，事情就這麼定了。

「去跟對方說一聲，我們會在週末的假日實行吧！」

「是！為了歐嘉大人的未來，我們一起幹掉壞人吧！」

愛麗絲笑容滿面地如此說，讓瑪希蘿有點嚇到。

快習慣吧。

這傢伙就是這樣的人。

漆黑的房間裡。

窗簾也緊閉著，外面的陽光完全照不進學生會辦公室。

我在誰也進不來的獨處空間裡注視著相框。

「真是個有趣的孩子呢，貝雷特同學。」

前幾天與少年對話的樣子鮮明地浮現在腦海中。

我回想起與映照在照片裡的他邂逅的場景。

為了給他良好的第一印象，我比平常還要多塞了一點，結果馬上就被發現了。

我還以為這對喜歡大胸部的他來說肯定會奏效。

……雖然我也絕對不算小就是了。

視線往下，映入眼簾的微小隆起。

「…………哼。」

被指出事實一點也沒意思，我用手指咚的一聲把相框彈開。

「果然隱藏起來了呢，傳聞中的『魔法消除』。」

我毫無疑問創造出了一個自然的情境。

我伺機等待接觸的機會，上課一直請假就是為了監視他們，所以情況大致上都清楚。

我想自己並沒有表現出不對勁的樣子。

他們應該猜不到我的目的是貝雷特同學的特殊技術才對……

難道他從那次事件結束以後就已經料到會被老師盯上的可能了？

可是這樣就可以理解他為什麼一開始會顯得特別好戰。

「我沒想到他甚至拒絕加入學生會……他打算徹底隱藏起來嗎？」

既然如此又為什麼要對博多爾多家的那個笨蛋使用呢？

我能推測出來的理由，就是即使要使出魔術消除，他也想親手救下黎切同學。

為了培養擁有稀有價值的她的忠誠心。

目的是讓她不會拒絕自己的要求……吧？

雖說再怎麼喜歡巨乳，應該不會有白痴單純為了黎切同學的大胸部就把自己的底牌亮出來吧。

「真是被他玩弄在鼓掌之中。」

隨從會在那麼絕妙的時機點出現肯定也是他的安排。

畢竟隨從愛麗絲小姐平常都跟他如影隨形。

不過，真沒想到他竟然已經預測到老師會叫我來試探……

「還真有這種人呢。所謂與生俱來的天才。」

跟我完全不一樣。

繼續成長下去的話，他一定會變成名留青史的魔法使。

搞不好有一天會成為能與「雷擊芙羅娜」齊名的英雄。

光靠幾分鐘的對話，他就讓我明白他有這樣的資質。

「不過很抱歉——」

我鬆開捏起的相框。

伴隨著匡啷聲響，我用腳踩碎掉落在地上的相框。

「代替老師是蕾娜・米爾馮緹（我）的存在意義。」

啊啊，老師出差回來之後，我該怎麼報告好。

我可不想惹她生氣呢。

「雖然已經習慣了。」

不管是怒斥、毆打，還是玩弄。

「……他現在在做什麼呢？」

我拿起剛才在處理的一張紙。

外宿許可申請書。

在這張學生如果要出校外就必須提出的文件上，記載著尚且記憶猶新的三人名字。

申請理由那邊寫著「當志工」幾個字。

◇◇◇◇◇

「歐嘉大人，您還好嗎？」

「嗯，這點程度的晃動我早就習慣了。」

「我、我可能不太妙……唔噗……」

「喂喂喂……」

我輕輕撫著臉色明顯很差的瑪希蘿的背。

剛坐上馬車的前幾十分鐘，她還很有精神地玩鬧著，不過漸漸受不了反覆搖晃的馬車。

「畢竟妳沒什麼機會搭馬車嘛。我以前也同樣痛苦。」

愛麗絲緬懷聖騎士時期的回憶，一邊用布將書包捲起來做成簡易枕頭。

「雖然有點狹窄，請妳躺在這裡。應該會覺得好些。」

「嗚嗚……謝謝妳……」

坐在我旁邊的她緩緩站起身，打算跟愛麗絲交換位置。

我瞥了她一眼之後，看向窗外流淌的景色。

我們正在前往的地方是伊尼本多。

它的特徵就是沒有特徵，是王都外圍隨處可見的小城鎮。

雖說是王都，並非所有城鎮都很繁榮。

越是遠離中心的地方就越鄉下。

也就是說，沒有修整的道路也會變多。

「啊！」

喀當一聲，馬車上下晃動。

剛剛站起身的瑪希蘿搖搖晃晃地往我這邊倒了過來。

失去平衡的她，腦袋直直撞向我的肚子。

這就是一切的導火線。

「……嗚嘔嘔嘔嘔嘔！」

「啊啊！歐嘉大人的衣服啊啊啊！」

同學吐出萬萬不該吐出的東西發出的聲響，以及女僕的慘叫聲迴蕩在馬車中。

「對不起、對不起、對不起！」

「我不是說過很多次了嗎？沒關係啦。話說妳要是晃得這麼大力……」

「……嘔噗……」

「……去那邊吐吧。」

「嗚嗚……對不起……」

誰會樂意一大早就看別人嘔吐啊？

抵達伊尼本多後的我們在愛麗絲的帶領下，走在街道上。

小鎮感覺很冷清，沒有什麼活力，讓人不禁懷疑是不是真的有人住在這裡。

「黎切小姐，請到我背上來……」

「嗚嗚……不好意思……」

路途中夾雜這樣的對話，此時擔憂的愛麗絲正背著瑪希蘿。

「應該真的有騷擾橫行吧？」

「我先前已經跟對方商討過了。她不是那種不清楚對我說謊意味著什麼意思的人。」

「那就好。」

要是對愛麗絲謊報壞事，會被她一刀兩斷嘛。

不過那些人的目的究竟是什麼？老實說我並不認為這裡有利可圖。

在這種萎靡不振的小鎮土地上，根本沒有什麼價值可言吧？

抱持抓不到關鍵的鬱悶心情，我們繼續往前走。

「前面的轉角右轉以後，就抵達孤兒院了。」

「明明沒看地圖，妳記得還真清楚呢。」

「因為我之前來過好幾次。您看，他們肯定會出來迎接——」

話說到一半就停住了。

因為躍入眼簾的光景，是五個男人推倒一個橙色頭髮的女性。

「……看來馬上就是我們出場的時候了呢。」

我隨即衝了過去，借勢給那群男人一個飛踢。

「嘎啊！」

正面吃下這個出乎意料的攻擊，男人們就像骨牌一樣全部倒下。

愛麗絲則確保那位應該是她朋友的女性安全。

「幹、幹嘛啊！你們這群傢伙！」

惡棍們立刻就進入戰鬥狀態。

相對地，我也擺出戰鬥姿勢。

「我們是來幹掉你們的。」

「喂喂喂，只有小嬰兒才有資格胡說八道喔，臭小鬼。」

「我可以放過你們，你們趕緊回家去吸媽媽的奶吧！」

「我比較想要舔那邊小姐們的呢！」

隨後響起哈哈哈哈的下流笑聲。

真是令人不爽的一群傢伙。

總之先解決他們，讓他們閉上嘴吧。

然而比起我的拳頭，先讓他們閉嘴的是愛麗絲充滿魄力的大嗓門。

「你們幾個！給我搞清楚這位究竟是誰！」

她在我面前單膝跪地，開始撒起不知道從哪裡拿出來的紙片。
隨風飄落的紙片將腳下逐漸染成桃粉色。
愛、愛麗絲小姐？
太羞恥了，希望妳別這樣……
「他會將這世上所有黑暗掃除，為我們帶來光明！審判一切的邪惡，活在正義之下的『救世主』！」
簡直就像平常就掛在嘴邊，這段話輕輕鬆鬆就說出來。
「他就是歐嘉．貝雷特大人！」
然後愛麗絲——
高聲宣讀我的名字。
「…………」
啊，別這樣！這個沉默太煎熬了！
別露出看到怪人的眼神！
包括站在後面那位愛麗絲的熟人！
妳是站我這邊的吧！
「…………」

因為愛麗絲的關係，現場鴉雀無聲。

唯有愛麗絲一人很滿意地仰起胸膛。

「呵，被歐嘉大人的威勢嚇到瑟瑟發抖了嗎？」

絕對不是。

就算被嚇到，也是在別的意義上。

他們感覺到的是無法理解的怪人突然出現時的恐懼。

「歐嘉大人。」

愛麗絲將視線轉向我這邊，就像在期待什麼。

咦？該不會要我接著講點什麼吧？

妳是魔鬼嗎！

「……咯、咯、咯。」

我可以很清楚地感覺到所有人的目光都集中在我身上。

快想啊，歐嘉·貝雷特。

回想起自己的目的。

這次要假裝成好人接近孤兒院，確保這裡的孤兒能作為勞動力。

我是為了賣人情才來的吧？

然而從內心深處就染上邪惡的我不可能完全當個好人。

就算用半吊子的演技掩飾，也只會暴露謊言而已。

既然如此，我該做的事情只有一件！

「沒錯，我就是從邪惡中拯救這個世界的『救世主』。」

那就是成為一個陶醉在自己是正義的夥伴之中的怪男人！

「我會原諒以前的你們，以我之名拯救你們。」

我在胸前劃出十字，就這麼毫無預警地作出行動。

「這裡就是你們為惡的終點。」

怎、怎麼樣……？

我偷偷瞄了一眼後方。

「拯救一切的『救世主』大人……」

失敗了……！

啊啊，連那個女人都嚇呆了……

這樣很奇怪吧？我可是救人的那一方耶。

唔……！虧我還想說要機敏地把她救下來，帥氣地解決這件事……！

第一印象是這個樣子的話，我的作戰也失敗——

「真是太棒了……！」

——啊，不對！這邊這位也是個怪人！

我不禁回過頭，看見她露出神色恍惚的笑容，抱著自己的肩膀顫抖起來。

「不論犯下什麼罪，不論墮落成多麼汙穢的人，他都會對其伸出手……啊啊，多麼美妙的愛啊！」

「對吧？只要經過歐嘉大人審判，也能夠給予那些從來沒有被制裁過的傢伙重新做人的機會喔！」

「是啊……真是善良的人。真不愧是妳認為值得去侍奉的貴族大人呢。」

物以類聚。

仔細想想，她是能夠跟惡人絕對要斬殺的女人做朋友的人物。

這種人怎麼可能是個正常人。

「嘖，還以為是什麼情況，結果是小鬼的遊戲啊？」

「是是是，好厲害、好厲害。」

「不能找大人的麻煩喔～！」

這態度明顯在小看我。

默默地嘲笑我。

忍耐，我要忍耐……

現在的我是「救世主」……慈悲為懷的男人……

只要是為了目標，無論是什麼謾罵我都能忍耐。

「哼，既然這樣～」

剛才被我踹飛的男人拔出小刀。

他伸出舌頭舔了一口，緊接著將刀尖轉向我。

「那就救救我們吧，『救世主』大人啊！」

「看我宰了你！」

我氣勢洶洶地飛奔過去。

「我也要！也拯救一下我吧，『救世主』大人！」

等等也要幹掉那傢伙！

「要是被打中，可是會很痛喔，看招！」

「那也要打得中，對吧！」

小刀筆直地朝我刺出。

他大概預測我會嚇到動彈不得吧，然而很不巧，我已經很習慣實戰了。

在開學前與愛麗絲的戰鬥訓練上，雖說是為了學會摧毀刀刃，我還是讓她用真正的劍對付我。

既然我沒辦法使用魔法，那麼對於不得不學會肉搏戰的我來說這是必要的戰鬥訓練。

多虧如此，我幾乎不會對凶器感到害怕。

「什麼！」

他出招太過筆直，我直接從他的手臂內側回身格擋。

脫離軌道的小刀理所當然不會命中，他的身體呈現毫無防備的姿勢。

「好好反省自己做的事吧。」

「嘎呼！」

我一拳打往他的左上腹，之後再用右直拳攻擊他向前低垂的腦袋，奪走他的意識。

把昏倒的男人推開以後，其他傢伙也拿出各自的武器。

「包圍他！」

一個人被打倒以後，他們不再像剛才那樣輕忽大意，開始合作。

「去死吧！」

「看我切碎你！」

揮舞的凶器皆以我的頭部和腹部為目標。

不過太天真了。要瞄準也該瞄準我的腳才對。

「下面這塊變成安全地帶嘍！」

我蹲下身避開攻擊。

兩手貼在地上，身體上下反轉，直接往他們的臉大力一踹。

「啊嘎！」

「喔咕！」

剩下兩個人。

「可、可惡！我可沒聽說會有這樣的人在這裡啊！喂，我們逃。」

「呀啊啊啊啊啊！」

「噫！」

臨死前的哀號打斷對話。

先一步打算逃走的男人被愛麗絲用鐵爪抓住臉，堵住了嘴。

還能聽到他顯然不該發出的嚶嚶聲響。

「……啊……啊……」

被抓住的男人隨即口吐泡沫，白眼一翻。

就這麼被扔到我剛剛打倒的那些傢伙身上。

「……你也要逃嗎？」

愛麗絲勾起嘴角不屑一笑。

……那傢伙比起正義的夥伴，絕對比較適合當反派。

在這個意義上，她會成為我的部下或許是命運使然也說不定。

「祝福你們受到『救世主』大人的制裁（救贖）……」

然後，怪女人單膝跪在昏倒的男人們面前開始祈禱。

「這、這是幹嘛啊，你們這群傢伙！」

「我才想問哩！」

「唔哇！」

我將情感傾注在拳頭裡，用力揍他的右臉。

驚慌失措、無法正常判斷的傢伙躲不開，失去力氣倒了下去。

他們看起來是小嘍囉。

雖然不知道釣不釣得出來，就算是為了讓他們吐出情報，還是綁起來好了。

「愛麗絲。」

「遵命。」

愛麗絲將男人們的衣服撕開代替布條，把他們的手腳綁起來。

……現在才發現瑪希蘿在她背上昏倒了……

……啊啊，是她在女生朋友和壞蛋們之間跑進跑出的時候嗎？

在某種意義上，能夠不用看到這個景象或許挺好的。

畢竟顧慮到對方感受而幫忙講話，最讓人感到難受。

「貝雷特大人，真是出色的『救裁』。」

「不要給我創造奇怪的詞。」

我又不是那種角色……！

只是愛麗絲擅自暢談理想的我罷了。

我只不過是承受不住尷尬的氣氛，才順著情況演戲而已……怎麼會變成這樣……

可是她一副不在意的模樣，開始跟我自我介紹。

「我的名字叫做米歐。沒想到貴族大人真的會來……就如同愛麗絲小姐說的一樣，您真的是一位很有愛心的人呢。」

這麼說完，她與我十指交叉，緊握住我的手。

「雖然無法招待什麼，本孤兒院非常歡迎貝雷特大人蒞臨。」

……明明是看上勞動力才會過來，總覺得我好像一腳踏入更麻煩的泥沼裡。

這一幕的邂逅讓我產生了這種預感。

◇◇◇◇◇

「請進。雖說招待貴族，這樣的建築略顯遜色就是了。」

儘管她態度謙遜，以一個女性持有的房子而言已經非常大了。

向上望去，可以確定最少有三層樓高。

「沒這回事吧？得到這大小的建築對一般市民來說應該很辛苦才對。」

「這是一對離開伊尼本多的老夫婦出於善意讓給我的。以前要來得更小，讓孩子們的生活過得很拘束。」

她引領我們穿過一扇門。

小朋友們聚集於此，可以用餐的桌子和玩具或教材都參雜在一起，散落在這塊區域。

這處角落有一群孩子靠了過來，集中在一起。

少年和少女們一看到米歐，就哇地高喊一聲，然後緊抱住她。

「修女——！」

「米歐姊姊！」

「呵呵！孩子們，已經沒事嘍！」

……她這個樣子明明很普通啊。

當我因為她的樣子與剛才不同而感到放心以後，孩子們的視線便轉向我們這邊。

「克麗絲——」

「咳咳！」

愛麗絲刻意清了下嗓子，緊接著孩子們就像察覺到什麼，趕緊用手掩住嘴巴。

「啊，對喔……！對不起！愛麗絲姊姊！」

「妳來陪我們玩的嗎！」

這麼說來，她認識這些孩子們嗎？

愛麗絲撫摸那些靠過來的孩子們的頭。

「一個月沒見了吧。你們過得還好嗎？」

「嗯！我們做了很多劍的練習喔！」

「這樣啊、這樣啊。」

「該不會是愛麗絲姊姊把壞蛋們都打倒了吧？」

「不，不是喲。這次幫了我們的人是我的主人。」

接到愛麗絲拋來的話題，孩子們將目光聚集過來。

全部加起來十個人嗎？以個人經營來考慮，這個人數十分足夠了吧。

這些傢伙將來已經確定會成為我的部下，工作到殘破不堪為止。

那麼，第一印象很重要。

此時首先拿出威嚴，讓他們記清楚上下關係吧。

「我名為歐嘉．貝雷特，是貝雷特公爵家的長男，聽了我的劍愛麗絲的願望，前來保護你們，也就是說你們已經是屬於我的人了。從今天起這個孤兒院將在我的名下受到安全的保障，儘管感恩戴德吧。」

啪啪啪啪，愛麗絲和米歐的拍手聲響起。

感覺不管我做什麼，她們都會大力讚揚。

總覺得這已經到達光是活著就會被她們慣著、稱讚了不起的程度，所以還是無視好了。

那麼，孩子們的反應又是如何呢？

呵，不管怎麼說我可是貴族。

身上穿的衣服等級對這些傢伙來說可說是第一次見到，是個充斥著高貴氣質的人。

肯定會受到他們尊敬的目光。

行吧，不管是多麼不合禮儀的話我都會予以原諒。

來吧，讓我沐浴在感謝的話語之中，使我的心情愉悅起來吧！

「咦～看起來好弱～」

「愛麗絲姊姊比較帥～」

「他真的是貴族嗎？不也一樣是個小孩嗎！」

…………

「喂、喂！你們幾個！」

「咦～可是～」

「貴族都很弱不禁風吧？愛麗絲姊姊，妳以前不是這麼說過嗎？」

「那是我遇見歐嘉大人之前說的話吧……」

「感覺受愛麗絲姊姊教導劍術的我們還比較厲害。」

「就是啊～」

孩子們熱烈高談對我的壞話。

面色鐵青的米歐立刻過來向我低頭道歉：

「非常對不起，貝雷特大人！我會馬上解釋給他們聽……！」

「……沒關係。那麼有精神很好啊。」

忍耐，我要忍耐。

假如我在此刻發火，那麼就證明我跟這些傢伙的精神年齡是同等級。

我已經是大人。大人可以接受的挑釁只有雌性小鬼而已。

說我壞話的大多都是雄性小鬼。

沒錯。所以就算衣服被扯、被他們敲來打去，我也都不會生氣。

「喂，跟我戰鬥吧！」

冷靜，歐嘉．貝雷特。

這些都是精神還尚未成熟的孩子所講的話不是嗎？

好了，沒事的。

就像某個學生會長一樣露出黏貼式的笑容，展現大人的應對——

「啊，辦不到吧？畢竟貴族大人都是些不會運動的笨蛋嘛！」

「——要比就來比啊！」

臭小鬼就得由我親自教訓才行！

我脫掉上衣，丟給愛麗絲。

「愛麗絲，這些傢伙就由我來照顧。妳在這段期間去做妳該做的事。」

「……！遵命。」

悄悄地低聲交談之後，愛麗絲便迅速帶著米歐去別的房間。

沒錯、沒錯。得先讓昏倒在妳背上的瑪希蘿躺下來才行。

而且在愛麗絲的眼皮底下，我不能認真對付這些孩子。

「就讓我來告訴你們大人的恐怖吧……！」

就這樣，我與孩子們的戰鬥開始了。

「歐嘉哥哥，你好厲害啊啊啊啊！」

「下個換我！也幫我用！」

「啊～好狡猾！我也要！我也要像那樣飛在空中，幫我！」

「呵哈哈哈哈！不管來幾次，我都會幫你們！然後，你們就儘管多多讚揚我吧！」

客廳裡迴蕩著孩子們和貝雷特大人的笑聲。

貝雷特大人把孩子抱起來，便將他們拋到不會撞到天花板的高度，然後再接住他們。

「呵呵……」

究竟時隔多久了呢？

能夠看到孩子們這麼開心的模樣。

自從這座孤兒院的土地被盯上之後，我們就過著每天因怒罵聲而害怕的日子。

沒有力量的我再這樣下去就會被奪走一切。

既然如此，那麼乾脆……我賭上一絲希望，跟舊友聯繫真的太好了。

「……貝雷特大人。」

拯救一切的救世主大人……

愛麗絲說得一點也沒錯。

他對這麼多的孩子們也貫注很多愛。

「呼……好久沒動手了，有點難控制分寸。」

「歡迎回來。來，給妳毛巾。」

「謝謝。」

我把毛巾遞給正好從別的房間回來的愛麗絲。

我沒有問她做了什麼。

只是因為臉頰上濺到血，某種程度上可以猜得出來。

「我已經拿到必要的情報了，所以明天可以直搗黃龍，妳可以放心。」

「……這樣啊。」

我鬆了口氣。

孩子們的日常不會再繼續受到威脅了吧。

「愛麗絲，我一定會報答這份恩情。我也會去籌錢，所以能夠請妳也幫我跟貝雷特大人請求，暫且再等我一陣子嗎？」

「嗯，當然沒問題。不過，我覺得歐嘉大人肯定不會跟妳索要錢財。」

她如此說著，然後注視跟孩子們玩鬧的貝雷特大人，瞳孔中熠熠生輝。

直到幾個月前都還憎恨著貴族、發洩怨言的愛麗絲所認可的貴族大人。

請原諒我的無禮，愛麗絲。

我之前還覺得這種人不存在。

對貴族來說，平民是隨便都能替換的存在。

因為我的母親也是犧牲者之一。

貴族會特地對我們平民……而且還是無法期待能得到報酬的我們伸出援手，這件事本身就很異常。

「不管怎麼樣，作最終決定的還是歐嘉大人。這件事就等孩子們熟睡以後再說吧。」

「……說得也是。正好飯也已經煮好了。」

「難怪，我就覺得有股很香的味道。」

「貝、貝雷特大人……！」

貝雷特大人帶著孩子們往這邊走來。

大家似乎已經完全黏上他了，小孩子還牽著他的手。

「沒想到已經這麼晚了。不小心玩得太過火了。」

雖然他嘴上這麼說，一定是在爭取時間讓愛麗絲完成任務吧。

因為他時不時會偷偷看向愛麗絲離開的方向。

肯定是為了不讓孩子們靠近那邊。

「那麼今天的晚餐是什麼？」

「由於今天大家都來了，我打算煮最擅長的咖哩。」

「好耶～！」

「修女煮的飯超好吃的喔！」

「我也很喜歡吃米歐姊姊煮的飯！」

「這樣啊、這樣啊～」

貝雷特大人撫摸心情雀躍的孩子們的頭。

「哈哈。你們每天都能吃到米歐做的好吃飯菜，還真是幸福呢。」

「咦……！」

能每天吃到我做的飯很幸福↓我也想要每天都吃到↓每天都要在一起↓結婚。

也就是說……這是求婚！

這、這該怎麼辦才好？

我**從來沒有接受過他人的愛**，無法作出判斷。

「…………」

我一看到貝雷特大人，臉頰就帶有熱氣。

……說不定──

這個人說不定可以幫我填補起來。

我心中裂開的空洞，這個空白。

──藉由審判我的罪孽這個方法。

◇◇◇◇◇

「……所以，妳想跟我說什麼？」

在米歐哄孩子睡覺的時候，愛麗絲說有事情要單獨跟我說，所以把我叫到客房。

我們一起坐在一張有點老舊的沙發上。

「是，我依循您的指示進行拷問，讓他們吐出情報了。我要說的事情就是這個。」

「…………」

我才沒有下達那樣的指示……

到底是怎麼理解才會變成拷問？

總覺得已經有不詳的預感了。

「……妳應該沒有殺了他們吧？」

「請您放心。因為他們還得帶我們直搗本營。」

我擔心的不是那個啦……

任何事情開始前都需要人手。

要是那麼輕易就像除草一樣把人除掉，對於想經營的我來說會很困擾。

虧我還收了他們，想說要安穩地結束此事……

做都做了，也沒辦法。

畢竟愛麗絲是替我著想才會採取行動。

倒不如說，她沒有隻身一人襲擊敵營，把所有人都殺得精光就算進步了。

我吐出一口氣看向上方，靠著椅背讓身體下沉才開口問：

「所以知道什麼了？」

「他們之所以會攻擊這裡，似乎是想要在伊尼本多建造一座地下競技場。」

「意思是像妳之前所屬的沃舒爾競技場嗎？」

「是的。準確來說，是那裡的餘黨幹的。」

「應該所有人都被妳處分了才對吧？沒有殺到嗎？」

「不，那不可能。是沒有安排對戰的人得以休假。應該是運氣很好、那天休假的那些人來鬧事吧。」

「……原來如此。」

奇怪？這好像是我們的錯耶？

因為我們摧毀了沃舒爾地下競技場，失業的傢伙們尋求新天地，找到了伊尼本多。

伊尼本多和沃舒爾是相鄰的兩個地區。

王都衛兵的手伸不到這裡，要另起爐灶的話這裡是很適合的地方。

「原本隨著沃舒爾的治安越來越惡化，從伊尼本多搬出去的人們也增加了，所以這裡剛好可以做壞事——您怎麼了嗎，歐嘉大人？」

「……沒事，我只是在想一些事情而已。」

這完全是自導自演的敲詐啊！

我竟然吃了因為我們而遭遇不幸的人們所做的飯菜嗎……

啊，糟糕。胃突然痛起來了。

我追求的惡可不是這種會讓胃絞痛的惡！

就算是惡，也是有美學。

比方說為了自己，無論什麼壞事都可以做，但是除此之外我並不打算沾手。

創建可愛的後宮，然後品嘗美味的食物。

用領民的稅金過上輕鬆恣意的生活。

不僅要擁有信念和目的，正因為是有意義的行動，貫徹的樣子才顯得帥氣。

我不希望再發生這種走一步算一步、被無法預測的事情擺弄的情況。

……決定了。這次就負起責任處理到最後吧。

只要我還活著，我就會確保孤兒院的安全……不對，我會保障伊尼本多的安全。

為此需要的是……我在腦中開始制定計畫。

「愛麗絲，這次襲擊絕對不可以殺任何一人。半死不殘也不可以。」

「……這是為何？」

我會向妳說明，不要一開始就散發不滿的氣場。

畢竟妳的威壓要是掃到一般人，甚至會讓他們感到驚慌失措的程度。

「我要利用。這是為了實踐我的惡（正義）。」

「原來如此。看來您有想法了呢？」

「那當然，妳以為我是誰？」

「您是拯救一切的『救世主』大人。」

這傢伙其實很愛慕我吧？

當我抱著這樣的疑問時，門外傳來叩叩的敲門聲。

「不好意思，我是米歐。請問我可以進去嗎？」

愛麗絲用眼神向我徵求許可，於是我點點頭。

「進來吧。」

「非常感謝。您正在忙嗎？」

將孩子們哄睡後的米歐低著頭。

她的手中握著一個不知道是什麼的白色包裹。

「我們正好把方針定下來了。孩子們的狀況如何？」

「都沒有人感到害怕。大概是因為今天大家都累了，馬上就安靜下來了……這一切說不定都要多虧貝雷特大人陪大家玩的關係呢。」

「哈哈哈……」

我只不過是沒有大人的樣子，陪他們玩瘋了而已……

可是，這段時間很有意義。

因為我明白了孩子們的**心情**。

「不過這個時間來找我是怎麼了嗎？因為擔心而睡不著嗎？」

「不，不是這樣……我想將這個交給貝雷特大人。」

她把剛才令我很在意的白色包裹遞了出來。

收下後打開一看，裡面放著十枚銀幣。

我記得一枚銀幣就足以提供孩子們半個月的餐費。

對她來說這金額並不小。

「我明白這些給貴族……而且還是身為公爵家的貝雷特大人當作謝禮實在微不足道，但是我手邊只有這些……所以……」

米歐的腳忸忸怩怩，面色通紅。

「不、不夠的份，我、我任何事都願意做，所以……拜託……拜託您！能否請您護佑我們呢！」

原來如此。對我來說十枚銀幣的確只是小錢。

……不過她說什麼事都願意……是吧？

「……愛麗絲，妳還記得我們在外宿許可申請書上寫了什麼才來這裡嗎？」

「是，我很清楚地記得我們寫的是『當志工』。」

「是啊，確實是這樣沒錯。既然如此，要是收錢就說不過去了吧？」

「咦……」

一直低著頭的米歐將頭抬起來。

說到底這是愛麗絲拜託我的事情，而且我原本就不打算收受謝禮。

再說比起眼前的一點小錢，我更想要的是將來的勞動力。

而且他們明明是因為我們才變得這麼慘，要是再繼續落井下石，根本就是魔鬼或惡魔的行徑吧？

雖然我是惡，卻不是邪門歪道。

況且目的幾乎已經達成了。

「就是這樣。這個還給妳，我們不需要謝禮。」

我拉起米歐的手，讓她握住包裹。

她注視手上一會兒後，眼淚開始滴滴答答地流了下來。

「非常……謝謝您……！」

「是不是？我就說歐嘉大人不會跟妳要錢了吧？」

愛麗絲走到她的身邊，用很溫柔的表情撫摸她的背。

妳竟然擅自說了那種話嗎？

可不可以別繼續在我不知道的地方設置炸彈？

真是千鈞一髮。

要是我此時選擇要求更多的錢，愛麗絲和米歐兩邊對我的評價都會下降吧……

「愛麗絲，一到明天我們就進攻。我要稍微休息一下，所以為了以防萬一，妳就醒著戒備吧。」

「遵命。」

「在那之前妳們兩個應該累積了很多話要聊吧？可以慢慢聊。」

「那、那個……！」

「……什麼事？」

「還有很多多餘的房間，請您自由使用空房……」

「那我就恭敬不如從命了。」

我道過謝，然後走出房間。

穿過聽得見孩子們酣睡聲的走廊，我隨便找了間房進去。

「……好啦，這樣應該就行了吧。」

接著只要把餘黨的本營摧毀，這件事就告一段落了。

我把一些個人還沒做完的事情處理完，入睡六個小時以後——

「貝雷特大人……雖然是我這個沒有魅力的身體……還請您自由使用。」

米歐前來夜襲。

……為什麼？

我確實說了不需要報酬沒錯吧？

為什麼我身邊全都聚集了一些容易失控的人啊？

布和布相互摩擦，發出刷刷聲響。

儘管眼前的米歐已經開始脫衣服了，我的腦袋卻意外地冷靜。

「住手，我要叫愛麗絲嘍。」

「愛麗絲正在外面看守，聽不見喲。」

「妳小看她了吧？只要我是認真呼喚她，她就算在世界另一邊也會立刻趕來。」

「……就算這樣，我也有不能停手的理由……」

米歐細細道出她的過去與境遇。

可是我現在根本沒有那個心思，所以我只聽進一半，然後思考逃脫這個狀況的方法。

總之只要強行掙脫，就能從她身邊逃開。

不過這樣她不會信服，應該不會退縮吧。

我想避免這個情況。

……這麼說來，我好像聽說過先使用暴力再溫柔對待，對方就會來不及整理感情，從而放棄思考。

好，就這麼做。

我等一下就直接推託裝傻，貫徹到底。

「所以，拜託您了，貝雷特大人。能否請您跟我……培育片刻的愛，並且將其刻印在我心裡呢……？」

「我不要。」

拒絕的理由？那當然只有一個。

那就是——我是巨乳派。

◇◇◇◇◇

『要是沒有把妳生下來就好了。』

母親對我說過最多的話，應該就是這個。

母親是貴族的情婦。

據說她可謂過著備受疼愛、享盡奢華的日子。

然而她懷了我，被貴族用完就拋棄的母親被趕到鄉下。

當然，她沒辦法像以往那樣生活。

母親很恨我。

同時失去輕鬆的生活和心愛的人，母親持續對我施展暴力。

啊啊，原來我不應該出生。

我沒被別人愛過，日子就這樣一天天過去。

就在這樣的日子持續了十年的某一天，母親突然去世了。

她之前明明那麼有精神地揍我。

在那之後我在王都教會經營的孤兒院中長大，直至今日。

雖然可以直接成為一名修女在那邊工作，我卻拒絕了。

因為我想幫助同樣為暴力所苦的孩子，這毫無疑問也是理由之一。

不過最重要的理由，是因為我無法理解愛。

一直都不曾被別人愛過的我不可能體會他人的煩惱。

我從頭學習孩子的養育方法和接觸方式。

因為是必要的，我學會了。

儘管如此，這些其實都只是表面上而已。

我感到非常非常地不安，會不會我根本沒有愛著他們。

「所以，拜託您了，貝雷特大人。能否請您跟我……培育片刻的愛，並且將其刻印在我心裡呢……？」

我是個卑賤的女人。

受到小時候的生活影響，我的身材絕對稱不上很有魅力。

只要說出我的狀況，溫柔的貝雷特大人想必會接受。

因為很清楚他會拯救我，我才會像這樣跑來夜襲。

「米歐……」

貝雷特大人呼喊我的名字，伸手觸摸我的臉頰——

「我不要。」

啪的一聲拍打，我被明確地拒絕了。

兒時的記憶再次甦醒。

臉頰傳來母親去世之後就再也沒有過的刺痛感和帶有熱度的疼痛。

「啊……啊啊……」

下次、下次……一定會被揍到他氣消為止。

我準備像那時候一樣忍受恐懼，緊緊地閉上眼睛。

……可是，就算我瑟瑟發抖地等著，暴力也沒有到來。

我驚恐萬分地睜開眼睛。

緊接著，我被貝雷特大人溫柔地抱住。

咦?咦咦?為、為什麼……?

「貝、貝雷特大人?」

「抱歉。不過,首先為了覆蓋妳至今受過的所有痛苦,這是必要行為。」

「啊……」

我終於明白他這個舉止的意義了。

貝雷特大人為了抹除我的過去,故意賞我耳光。

跟母親一樣施暴,然後給予我不同於母親的溫柔。

這個熱度把被囚困在過去(母親)的我釋放出來。

「……看樣子成功了呢。」

發出咚咚聲響拍了拍我的背後,貝雷特大人站起身子。

即將離去的溫暖讓我的內心感到寂寞。

「現在還不是時候回應妳渴求的答案。」

「……我明白了。我會為貝雷特大人你們的平安而祈禱。」

「沒那個必要。」

「這是什麼意思……?」

「我的意思是,我們的勝利不會有所動搖。」

絕對強者的勝利宣言。

應該沒有比這個更讓人安心的了。

「所以，米歐，妳就安心睡吧。等妳醒來的時候，一切就解決了。」

貝雷特大人直到離開房間之前都將溫柔分給我了嗎？

非常謝謝您。

不過我並不是只會一味享受您溫柔的愚蠢之人。

「我一定會在玄關迎接各位歸來。」

我的話並沒有得到回應。

貝雷特大人只是露出微笑，然後離開了房間。

◇◇◇◇

「……啊～拜託了，米歐那傢伙可不可以給我去睡覺啊……」

我對於她提出有關愛的疑問，給了模糊不清的回答之後便想趕快回去。

我並不是什麼聖人，根本沒有經驗回答那麼沉重的話題。

所以我才叫她睡著等我們……不過看她那個樣子肯定會醒著。

「歐嘉同學？怎麼了嗎？」

「沒有，沒什麼。」

我左右搖頭。

不行。我們現在就要前往戰場了。

也有抱持多餘的念頭，結果成為致命傷的案例。

就算面對低一等的對手也不會疏忽大意才是真正一流的惡。

「喂，走這裡沒錯吧？」

「……唔！……唔！」

為了不讓他出聲，被我們用布堵住嘴的帶路人點了好幾次頭。

根據愛麗絲打聽出來的情報，他們的據點似乎在伊尼本多唯一的酒館。

老大會在那裡一邊喝酒，一邊等著他們的報告。

「瑪希蘿，妳醒來了嗎？」

「醒、醒了！因為睡了很久，我很有精神喔！」

「這樣啊。妳不用太緊張，老大由我來對付，妳就幫我打倒周圍的雜魚吧。」

只不過我要加上一個要求。

「絕對不准殺掉他們。沒必要連妳的手都弄髒。」

殺人非常消磨精神。就算對方是壞人，斬斷人肉的感覺不管過多久都會殘留在記憶裡。

甚至是讓那些以聖騎士為目標的有為青年們都承受了，而不得不放棄夢想的創傷。

我絲毫不打算讓她背負這樣的罪孽。

「唯有這個約定不准違背。」

「……嗯，知道了。我一定會回應歐嘉同學的期待。」

瑪希蘿也哼的一聲吐出鼻息，看起來幹勁滿滿的樣子。

因為太過有幹勁，被兩隻手夾住的胸部都變形了。

沒錯，這樣就對了。我希望瑪希蘿一輩子都可以擔任治癒我壓力的角色。

一直盯著看會被發現，所以我也對一旁蠢蠢欲動的我的劍下達指示。

「愛麗絲，這次妳別出手。我們終究是要測試瑪希蘿的實力，別搞錯當初的目的了。」

「遵命。」

她兩手抓著被綁起來的壞人們，所以只低下頭。

說真的，這到底是怎樣的腕力啊。

「混帳……！那些傢伙還沒回來嗎？」

「阿、阿里邦大人！請您冷靜點！」

「您這樣可就浪費難得的酒嘍！」

裡面傳來粗獷的酒嗓和玻璃瓶碎裂一般的聲音。

看來目標的確在呢。

「……好，我們上。」

我把腳高高抬起，就這個動作直接向前一踢，把門給踹飛。

「咕哇啊！」

運氣不好坐在入口處的傢伙發出的慘叫聲和突如其來的破碎聲響，讓所有人的視線都集中在我們身上。

「誰啊，你們這些傢伙！」

「我們是來送惡夢給你們的人。」

我勾起嘴角露出無畏的笑容，手指向那個頭冒青筋、我覺得是阿里邦的巨漢。

「這裡就是你們為惡的終點。」

◇　◇　◇　◇　◇

怎麼了……發生什麼事了……

酒館蔓延著地獄哀號的畫面。

「結、結凍了！」

「討、討厭！手滑溜溜的，拿不了武器！」

「可惡……！我的腳！動不了了……！」

他們的周圍圍繞著白霧。

溫度急速下降的白霧奪走了他們身體的自由。

「——『冰結之風（Frost wind）』。放心吧，我絕對不會殺掉你們。」

「冰！這是稀有屬性不是嗎！」

世上存在常見的火、水、風、土、雷、光六種屬性與新一派被稱為稀有屬性的魔法。女人使用的冰屬性魔法也是其中之一。

「不過，在這種室內使用的話，你們也會受到影響——」

「不不不，我們不會受到傷害喔。因為我會用風屬性的魔法來控制空氣的流動。」

「兩種魔法……妳說妳是雙重魔法師？胡說八道也該有個限度……！」

別開玩笑了……要僱用這種幫手需要花多少錢啊？

那麼窮困的孤兒院不可能僱得起！

「……真沒想到也要叮囑瑪希蘿必須注意才行。比我想像中的威力強得太多……」

「能幫上歐嘉同學的忙，我也很高興喔！」

「妳可靠到讓我都要哭了。」

還有，這個一邊乾笑一邊做我對手的小鬼也是。

從剛才開始，不管我多麼想揍他，威力都會在開始動作的時候消失，被他輕輕躲過。

打下去的攻擊在他抓住我的手時就這麼流逝而去，反過來往上攻擊時，攻擊會從內側彈向外側，從而失去力道。

一邊說笑一邊看旁邊，還能夠理所當然似的跟我對打，這傢伙也很不得了。

能僱用等級這麼高的傭兵，那就不是孤兒院的那些傢伙……！

「是妳帶來的嗎，克麗絲．拉格尼卡！妳應該也跟我們一樣，屬於墮落這邊的人吧！」

「……你認錯人了。」

「啥！妳不管怎麼看都是克麗絲．拉格尼卡啊！」

「喂喂喂，你還有精力看別的地方啊？」

「嘎哇！」

腹部被小鬼大力踢中。

好、好大力……！

令人討厭的喀喀聲響從體內傳到腦中。

我、我浮起來了……？

「唔哇啊啊啊啊！」

我被他踹飛到牆壁，背部發出嘎吱嘎吱的聲音。

那、那副身體怎麼會有這麼強大的力氣……？

「已經可以了吧？我有話想跟你說。」

「誰跟你可以了啊……！」

我拚命調整呼吸，但是骨折的疼痛讓我沒辦法這麼做。

汗水把額頭都弄溼了。

可惡啊可惡啊可惡啊！

本大爺……竟然會輸給一個小鬼，人生到此結束……？豈有此理！

在力氣這點上，我從以前就是最厲害的。

在競技場時也是，只不過是主辦人沒有安排我和拉格尼卡對戰，不然我絕對有贏過她的自信。

只要有這個拳頭和身體，就算走出世界我也不會輸。

所以，我要再次打造自己的競技場。

為了讓我（阿里邦）的名字揚名世界。

「可別以為這樣就結束了！我還有最後的王牌！」

「唔！」

「那是……！」

「這個是在黑社會流通的『肉體強化（興奮劑）萃取精華』……哼！」

我取出瓶子後折斷飲料瓶口，一口氣全部喝乾。

轉瞬間，肌肉開始蠕動。

「唔喔喔喔喔喔喔喔……！」

肉體被撐得太滿而膨脹起來。

我砰的一聲敲打牆壁，牆壁隨即開了一個洞、龜裂開來。

唔哈哈哈……太驚人了……！現在的我充滿了無所不能的感覺。

「…………」

「嘿嘿，怎麼了？怕到講不出話來了嗎？」

「……不是，正好相反。」

小鬼把手放到手腕上，解開一顆、二顆鈕子。

「是因為太廢，我都傻了。」

「……什麼？」

「我來示範什麼叫做真正強（惡）者的模樣。放馬過來吧。」

「竟敢小看我……！到時可別後悔了！」

巨大的力量將一切摧毀殆盡。

「無論是什麼樣的技巧在壓倒性的暴力面前都無計可施！去死吧！」

給我變成一團爛肉吧！

我朝那張令人不爽的臉打出右拳。

「呀啊！」

拳壓造成的風將後方的魔法使給吹倒。

威力就是如此強大。

要是正面中招一定會變成肉塊……一定……不會錯才對……

「說得也是。所以我決定用暴力來對付暴力。」

「……啥？」

他輕而易舉就制止我竭盡全力打出的拳頭。

而且還只用一隻手而已。

「——聽好了？所謂的惡，就是要帶給對方絕望才行。」

「噫！」

啊？咦？奇怪？

……我剛剛……發出慘叫了？

不僅如此。我還退了一步。

生存本能反射性地作出反應。

感覺到自己生命的危險。

「無論何時都贏過對方，碾壓會對自己造成障礙的人。你也都是這麼做的吧？」

不管我施加多少力氣，他都紋風不動。

「不過，你只是弱者在欺負弱者罷了。」

拳頭的力量被壓回來了。

就算加上體重，還是被他給輕輕扭轉，姿勢變得越來越糟。

「所以你才會仰賴藥物這種東西。那不可能敵得過憑藉腳踏實地的鑽研與信念磨練出來的玉。」

我終究還是跪倒在地。

被壓倒性的力量給碾壓。

啊啊……我總算明白了……

我……說到底只是個小小國度裡的大王罷了……然後——

「你是個連自稱惡人都嫌狂妄的三流角色。」

這位才是能夠成為真正王者的人物……！

衝擊貫穿臉頰。

人生第一次被擊倒沒想到感覺很暢快。

現場已經破爛到沒辦法被稱作酒館。

雖然阿里邦已經昏厥過去，其他傢伙都還有意識。

瑪希蘿看來也確實按照吩咐手下留情的樣子。儘管他們一部分身體被凍結了，卻不至於失去生命。

愛麗絲為了讓瑪希蘿充分發揮實力，似乎也到處幫忙了。

我注意到她時不時會絆倒發動反擊的盜賊。

「歐嘉同學，你覺得怎麼樣？我的魔法如何？」

「真是超乎我想像。妳對魔法的控制也很出色。當妳詠唱大範圍魔法時，我還很擔心會不會怎麼樣……結果妳好好地遵守約定了呢。」

這麼說著，我摸摸她的頭，結果瑪希蘿看似很害羞地瞇起雙眼。

「哇……嘿嘿嘿……我會更加努力，好讓歐嘉同學能夠再稱讚我。」

瑪希蘿是個聰明的傢伙。她一定會像她說的一樣，今後也繼續成長下去吧。

她的容貌最棒，儘管如此我的部下裡不養懶人。

我要的是能夠確實為我工作的人才。

就算她是後宮成員也一樣……！

「不枉費我們特地來一趟遠征呢。」

這樣一來，當初我們的其中一個目的——瑪希蘿的實力已經搞清楚了。

雖然我原本把她當作胸部後宮的一員，現在就算當成戰力應該也沒問題。

「辛苦您了，歐嘉大人。」

這次不被允許參加戰鬥的愛麗絲拿著毛巾走過來。

「這算不上什麼運動。」

「以歐嘉大人的實力來看是理所當然的。另外，歐嘉大人，要砍下這傢伙的腦袋嗎？」

「——等一下。」

「遵命。」

朝著倒下的阿里邦直直落下的劍戛然而止。

超可怕的啦！為什麼還沒得到許可就先實行了啊！

我說不准出手又不只是戰鬥的時候而已！

不要奪走我未來的生意啊！

「我還有成山的事情想要問這傢伙，還有讓他去做。」

「想問的事情？」

「就是這個。」

這麼說著，我把地上的小瓶子撿起來。

「那傢伙說這是『肉體強化萃取精華』。雖說他本來的實力太弱，所以輸給了我，他的力量確實增強了。」

受到攻擊的我最能夠體會到它的效用。

理解其意思的愛麗絲仔細地盯著這罐裝有液體的瓶子。

「根據那傢伙的口吻，應該可以猜想這東西正在黑社會裡進行買賣吧？也就是說已經流通到世上了。」

「今後會有越來越多傢伙拿來幹壞事呢……不對，可能已經有人在使用了。」

「沒錯。這傢伙是重要的情報來源。」

然後，只要查到販售商和製作場所，就能夠一口氣獲得賺大錢的機會。

能夠給予肉體那麼激烈變化的猛藥。

首先，那毫無疑問是製作別的藥物時做出來的失敗作吧。

即使如此還是有效，因此只要我用天才的頭腦進行改善，很有可能得以作為與魔族戰鬥的藥品來販售。

為了那種閃耀的未來，我絕對要把他留在手邊。

剛好我也想要一個能在外面自由行動的棋子。

「我總是想著要給他們再次做人的機會。這才是真正的救……『救裁』吧？」

我說出「救裁」這種話了，好羞恥！

這確定是黑歷史了，不過只要這麼說，愛麗絲就可以理解。

看吧，她滿臉笑容。

「不愧是歐嘉大人。能夠侍奉您真是太光榮了。」

「是啊，自豪一輩子吧。我也會當個能讓妳驕傲的主人。」

「是！」

「哇……！你們兩個都好帥啊！」

不知道是不是被戲劇一般的對話所感動，瑪希蘿的拍手聲迴蕩在殘破不堪的酒館當中。

好了，現在已經沒有理由待在這裡了。

「等、等一下！別把我們丟在這裡！」

「這樣放著不管太不講理了！」

「……不必擔心。我不是說過了嗎？我有成山的事情要做。你們暫時在那裡待著吧。」

可是盜賊們的聲音並沒有停止，裡頭甚至出現哭出來的傢伙。

喪家犬的嚎叫聲總是吵死人。

你們啊，不克制一點的話，等等會發生很恐怖的事情喔。由愛麗絲出手。

我當然不可能這麼威脅他們，正當我煩惱著該怎麼收拾這個場面才好時，跳出來解決的卻是意料之外的人。

「你們幾個！給我安靜點！」

怒吼聲震盪鼓膜。空氣一瞬間安靜下來，倒在地上的聲音主人慢慢站起身。

嘖，因為興奮劑的關係，沒能完全奪走他的意識嗎……？

「…………」

阿里邦一言不發，只是默默地凝視我的全身。

斜眼確認愛麗絲擋在瑪希蘿的身前，我才勾起嘴角挑釁地開口說：

「怎麼了？還玩不夠嗎？」

由於他低著頭，我看不到他的表情。

阿里邦究竟是什麼反應——

「——大哥！請讓我在大哥底下工作吧！」

阿里邦雙膝一跪，充滿氣勢地把手和額頭扣在地上。

「「「…………」」」

我跟她們兩人互相對視。不只我們這樣。

這傢伙的部下們也都跟不上狀況。

假如我沒聽錯，他說想要在我底下工作……

「你有什麼陰謀？」

「我、我沒有！我很佩服大哥的力量！」

「……哦？」

「我打過一場之後就明白了……大哥才是應當君臨他人之上的人！」

「原來如此。」

這傢伙很懂嘛。

沒錯，我才是應當作為惡毒領主支配平民，與過著輕鬆生活的上流階級相稱的男人。

「那麼，你會遵從我的命令行動吧？」

「那當然！我將自己的性命獻給大哥！就算要我當奴隸也沒關係！」

看他這個樣子，似乎是真的醉心於我。

這樣就沒必要教訓他了吧。

我姑且用眼神跟愛麗絲確認他有沒有在說謊，對此她跟我抱持相同的意見。

「這樣啊、這樣啊？好，阿里邦。既然如此，我就給你個工作吧！」

「是！非常感謝您！」

「阿里邦，你——去給我把各地的惡棍都收拾乾淨。」

「……咦？」

接著我把準備交給阿里邦去做的工作內容告訴他。

簡單來說，我要他去治安差的地區把惡棍們揍一頓，然後聚集到我這邊。

一直在幹壞事的他們就算突然消失不見，也不會有人感到難過或覺得不可思議。

然後，我打算讓聚集而來的傢伙們重啟地下競技場。

這樣一來我就會成為莊家，可以實行賺得盆滿缽滿的作戰。

只要選手都是自己人，就可以盡情打假比賽！

也不會破壞建築物，所以幾乎不需要投入新的投資。

當然，因為要瞞著愛麗絲，有關地下競技場這部分我講得含糊不清。

下次製造出兩人獨處的機會，再跟他講吧。

到時候也問問他「肉體強化萃取精華」的事情好了。

「你可以把其他傢伙一起帶去。人數多一點比較好吧？」

「歐嘉同學，真的可以嗎？這麼輕易就信任他？」

「別擔心，我很有看人的自信。」

我身邊也有人會露出阿里邦那樣的眼神。

那就是愛麗絲。愛麗絲會背叛我嗎？答案就是這麼回事。

「我明白了。也就是說，我只要跟大哥這次一樣掃除惡棍就可以了吧？」

「沒錯。只要模仿我就行了。」

「大哥託付的任務……我必定會達成！」

嗯嗯嗯，有幹勁是好事。

這下子該在這裡做的事情就全部完成了。

「我晚點來回收他們。我也會幫他們恢復傷勢，在那之前先老實等著吧。」

「是！不勝感激！」

我和愛麗絲與瑪希蘿兩人在一個彪形大漢磕頭下跪的目送下一起離開酒館。

「控制住組織頭頭的身心，在無人死亡的狀況下讓他們倒向正義。真是出色的手段，歐嘉大人。」

如同我計劃的一樣，愛麗絲完全誤會了。

咯、咯、咯，能夠阻止我的機會明明只有此時，這下子為了將來能夠為所欲為，已經做好一個事前準備了。

畢竟錢越多越好，貧富無常嘛。

「就是啊、就是啊！歐嘉同學好帥氣。我就沒辦法那麼迅速，咻咻咻的。」

瑪希蘿模仿起我對阿里邦的一拳。

……擁有魔法使資質的她，運動神經果然很令人絕望啊……

看起來比貓拳還要弱，真是可愛……要是下次我送她貓耳當禮物，她會願意戴嗎？

「歐嘉同學？」

「沒什麼……妳們兩個，等等到了孤兒院以後，絕對不要發出聲音喔。」

「嗯，要是把他們吵醒就太可憐了嘛。」

「原因不止這個喔，黎切小姐。歐嘉大人打算不收受米歐給的錢直接離開。」

「……說得沒錯。我們拿回行李就要走嘍。」

根本不是那樣。是我還沒準備好要怎麼回答出發之前米歐丟給我的問題，所以想早點回去而已。

既然她稱呼我為「救世主」，希望她有乖乖聽我的話去睡覺。

我期望有這麼一絲的可能性。

「聽好嘍？小心不要吵醒他們，安靜一點。」

她們兩人對我再三叮嚀的忠告點點頭。

保護孤兒院安全的任務已經結束。

因此我賭她睡著了，趕緊腳底抹油！

我懷抱著期望，悄悄打開玄關的門。

「歡迎回來，貝雷特大人。」

果然還醒著嗎……

我獨自一人祈禱的時間比想像中來得還要短。

當然，我並不懷疑大家的勝利，只是沒想到會這麼早回來……

「孤兒院的威脅已經掃除，可以放心了。已經沒有人會威脅你們的日常。」

「這樣啊……」

愛麗絲的報告讓我放下心來。

「各位，真的非常謝謝你們……！」

「嘿嘿嘿……感覺有點害羞呢。」

「不必感謝我。去對願意聽妳願望的歐嘉大人說吧。」

「好……貝雷特大人。」

我一出聲，在這兩人身後的貝雷特大人便驚得肩膀抖了一下。

他應該是為了不讓我放在心上才隱藏身姿吧，但是不需要客氣。

因為我們的確被您所救。

「真的非常謝謝您。我究竟該如何感謝您才好呢？」

「我說過好幾遍了，不用在意。是我自己想做才這麼做的。」

「……要是全世界的人都擁有貝雷特大人這樣的溫柔，那會是多麼美好的世界啊。」

……沒錯。要是賦予我與貝雷特大人同等愛的人是父母……我也不會煩惱了吧。

我忍不住這麼想。

「還有啊，米歐，關於我出發前答應妳的事……」

啊啊……他要給我答覆對吧。

不管是什麼都接受吧！

因為這是貝雷特大人這般高尚的人賦予我的愛。

「我的答覆就是——」

「等等啦，歐嘉哥哥！」

「……咦？」

正當貝雷特大人要開口的時候，就好像要打斷他說話而闖入房間的人竟然是應當在睡覺的孩子們。

大家立即包圍住貝雷特大人，聲音此起彼落地響起：

「大哥哥！我們會工作付你報酬！」

「我們不是這麼說好了嗎！」

「不要跟米歐姊姊拿錢啦！」

「你要遵守約定啊！」

……這是什麼情況？

跟不上話題的我不自覺地看向貝雷特大人。

「咯、咯、咯……你們不是來得正好嗎！」

貝雷特大人笑了好一陣子，才搭上孩子們的肩膀轉向我這邊。

「好～你們幾個。**在我睡覺之前**，你們來拜託我什麼來著？」

「我們說我們會工作，所以不要跟大姊姊拿報酬！」

「我們會付錢，請給我們工作！」

「勞動可是很辛苦的喔，真的沒問題嗎？」

「嗯！因為我們最喜歡米歐姊姊了嘛！」

「咦……」

貝雷特大人對他們的反應勾嘴一笑。

「這就是我們能做到的報恩……！」

「我們希望大姊姊可以更幸福！」

「這樣啊、這樣啊。所以，大家想要為了米歐努力吧？」

「「「嗯！」」」

孩子們滿臉笑容地回應。

我的眼淚撲簌簌地流下來。

在模糊的視線中，貝雷特大人朝我這邊走近。

手輕拍在我的頭上摸了摸。

「沒有察覺到的人只有妳而已，米歐。妳深深被愛著。」

「啊啊……啊啊……」

喜悅從心底湧出。

原來……我有好好愛著孩子們啊。

然後，這些孩子賦予了愛給我。

這樣啊……原來這個心情……就是愛啊……

「米歐姊姊！」

「我們會加油！」

「所以今後也要一直在一起喔！」

「好……！好……！謝謝你們……我也會……一直陪伴在……你們身邊……」

我緊抱住朝我衝來的孩子們。

同時感受懷裡的溫暖和愛。

◇◇◇◇◇

咯、咯、咯，真是令人感動的場景啊。

……不是我在說，我的心臟真的跳得超級快。

必須誇獎一下這些傢伙們在絕妙的時間點過來。

順便也誇獎誇獎立刻就在腦海中整理好狀況的我的頭腦。

其實我在事前就先跟孩子們提過這件事了。

儘管還是孩子，他們應該很擔心。

沒想到他們會自告奮勇賣身給我，對我來說沒有比這更好的事了。

我當然毫不猶豫就接受了他們的要求。

這樣一來，米歐也對自己的愛有所自覺了。他們也能夠跟最～喜歡的米歐待在一起。

而我得到言聽計從的勞動力。

誰也沒有變得不幸，是個非常幸福的結局不是嗎？

雖說這只是「現在」而已。

「喂喂喂，你們要哭到什麼時候啊？趕快去收拾行李。」

我在他們哭到某個程度、快要停止的時候，說出開啟他們地獄的決定性發言。

全員瞠目結舌地往上看向我。

「貝雷特大人……？請問這是什麼意思……？」

「這還用說？我要你們移居到我的故鄉貝雷特領地。」

「貝、貝雷特領地嗎！」

「嗯，我這邊會準備好住處，你們去把行李拿來。」

我不相信口頭約定。

所以我要他們移居到貝雷特領地，讓他們逃不了。

「而且我還會安排老師給你們，之後就不能再玩了，每天都要學習喔。畢竟沒有知識的傢伙不可能有一番成就。」

「…………」

他們似乎被我的恐怖宣言嚇到合不攏嘴。

對於總是在玩的他們來說，自由時間遭到剝奪、為了在我底下工作就強迫他們學習，肯定很痛苦吧？

可是，事情已經成定局了。

我在跟他們玩的時候知道這些傢伙都沒有接受過正式的教育。

再這樣下去他們成不了戰力。

既然如此，就把他們變成能夠任我使喚的樣子吧。

順帶一提，要是想逃跑，我打算讓那個老師向我匯報。

米歐他們已經完全落入我的手中了。

「愛麗絲，我有說什麼奇怪的話嗎？這是很理所當然的要求吧？」

「是的，我認為這是很棒的判斷。」

咯、咯、咯，看來愛麗絲這次也不打算違逆我。

我這次是以答應愛麗絲要求的形式幫助米歐他們。

也就是說，等同於賣愛麗絲一個人情。

到這裡為止都如我所料（很完美）。

「我馬上安排馬車來接你們。這是已經定下來的事情。」

「請、請您稍等一下，貝雷特大人！」

「啥？怎麼了？」

「我……我今後該做些什麼才好？」

不是啊，妳就跟著小鬼們一起過來，負責照顧他們就好啦……不過，也是呢。

我這裡就借用一下前世狗屎上司經常說的話吧。

「自己想。」

「自己……嗎？」

「沒錯。想想看妳能為了我做什麼。」

「為了貝雷特大人……我能夠做的事……」

好了，我猜她應該不會反駁才是，不過要是她更進一步問我也很麻煩。

「我也還有很多事情要學，明天還要上課。該回去嘍，愛麗絲、瑪希蘿。」

說完想說的話，我走出孤兒院。

雖然最後米歐不知道在身後碎碎唸些什麼，我決定假裝沒聽到。

就算現在後悔來拜託我幫忙也已經於事無補。

結果，打敗邪惡的是更大的邪惡。

「接下來要做什麼啊，歐嘉同學？到接送馬車抵達為止還有一點時間。」

「呵，也是呢。乾脆去找貨箱搬運被我們放置在那裡的阿里邦他們吧。」

我現在的心情就是這麼好。

測試瑪希蘿的實力，以及得到孩子們和阿里邦那些人的勞動力。

當初的兩個目的都已經達成了。

「咯、咯、咯，連太陽都在祝福我嗎？」

日出的光芒照射在我們身上，簡直就像預示我光輝的未來。

「跟上來，愛麗絲、瑪希蘿！我的霸業才剛開始！」

至此伊尼本多的遠征在對我來說最好的結果下落幕了。

◇◇◇◇◇

歐嘉並不知道。

「我的名字叫做阿里邦！奉歐嘉・貝雷特大人之命來到這個鎮上。來吧，告訴我讓你們傷腦筋的傢伙們在哪裡，我會替你們擊退。」

各處的惡棍由於都被阿里邦集結起來，不但治安變好了，再加上他以身為歐嘉・貝雷特的部下引以為豪，在平民之間自己的評價直線上升的未來……

歐嘉也不知道。

「來吧，各位孩子，今天也獻上祈禱吧。對著為我們帶來真正『救裁』的『救世主』大人──歐嘉・貝雷特大人獻上感謝吧。」

「「「是，米歐修女。」」」

自己獨自思考究竟該做什麼以後，醉心於歐嘉的米歐為了傳唱他的尊貴，與孩子們一起創辦了王我教──意味著他才是適合為王的人──這樣的未來……

然後，在貝雷特領地中，進而流行到平民之間的未來……

「咯、咯、咯！解決完一件工作之後真是暢快呢，愛麗絲！瑪希蘿！」

「真的是太出色了，歐嘉大人。」

「就是說啊！歐嘉同學果然很厲害呢。我也要向你學習，會更加努力喔。」

在馬車上高聲大笑的他此刻還不知道。

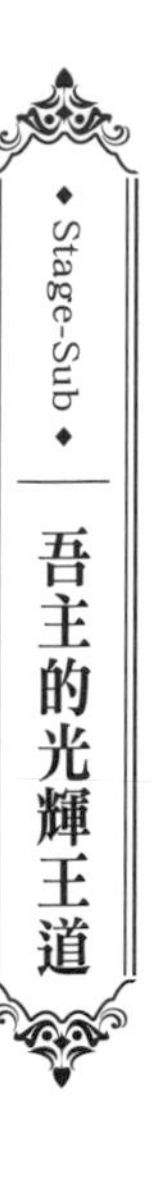

◆Stage-Sub◆ 吾主的光輝王道

我並不相信神明——直到遇見我的主人。

歐嘉．貝雷特大人。

撿起墜落至谷底的我，宛如「正義」實體化的人。

作為一個人心胸寬大，作為一個強者矜持有度，同時擁有不甘於現狀的上進心，簡直就是應當站在頂端的優秀主人。

儘管如此，我最尊敬的還是他比任何人都還要更堅強這點。

歐嘉大人身負沒有魔法資質這樣的極大劣勢。

對於尚且年幼的少年來說是過於巨大的絕望。

可是歐嘉大人別說是屈服了，甚至還奮發向上站了起來。毫不遲疑地朝著看不見盡頭的終點持續奔跑，開拓未來。

如今我才明白，歐嘉大人選擇我的原因。

正因為是掉入谷底之人，才會對我或阿里邦這種墮落的人伸出手。

一定是因為他能夠感同身受。他無法對這樣的人視而不見，是位擁有善良心懷的人。

然後，受到歐嘉大人拯救的我正過著非常有意義的每一天。

歐嘉大人光是叫我「我的騎士」、「我的劍」，就讓我的心感到很幸福。

歐嘉大人今後也會朝著光輝的王道邁進吧。

既然如此，我就化作您的劍，斬斷所有擋在您面前的阻礙吧。

啊啊……歐嘉大人，非常謝謝您。

多虧您，我的生命才再次復甦。

我發誓直到生命之火消失為止，都會效命於歐嘉大人。

好了，我也差不多該去米歐那裡了。

今天也要跟她和孤兒孩子們一起，為歐嘉大人獻上祈禱。

Stage1-3 王太子的新生遊戲作戰

嗯嗯！

真是個心情愉悅的早晨。

「我拿飲料過來了。」

「好，幫我放在那邊。」

自從孤兒院的事情解決以後，已經過了一個多月。

米歐他們順利移居到貝雷特領地，阿里邦也很有精神地在其他地區大展身手。

擔任家庭教師兼彙報人員的女僕長，是個會毫不客氣對身為領主兒子的我提出意見的老婆婆。

孩子們現在肯定也無法抱怨，只能坐在桌子前。

我此刻正在讀茉莉奈寄來的信，上面寫著「一進到屋子的瞬間，孩子們就哭出來了」。

一定是看到家裡的樣子，沉浸在悲傷之中吧。

畢竟那裡面建了一間以我上輩子的教室為原型的大房間，就連兩人一間的房間裡都有配置書桌嘛。

為了這些傢伙，我緊急讓人將這間沒在使用的小房子整理成特殊規格。

也吩咐過茉莉奈要嚴格教導他們，好讓他們將來能夠派上用場。

他們想必再也回不去以前的生活了吧。

而且……米歐好像請願說想要建一間小教堂。

咯、咯、咯，原來如此啊。

她想懺悔讓孩子們走向那樣的未來的責任吧？

這樣不是挺好的嗎，實在令人發笑。

究竟有沒有神會對她伸出援手，就讓我拭目以待吧。

不只是米歐而已，還要讓孩子們也幸福。

要是真有那樣的傢伙存在，我還真想看看呢。

「愛麗絲，這是中午的訊息，幫我送過去。」

「遵命。」

我隨即奮筆疾書，將添加上答覆的信放入信封中交給愛麗絲。

「好了，差不多該去上學了。」

我一口氣喝下愛麗絲泡的咖啡——當然是無糖黑咖啡。好苦——等到流進胃裡後，我便穿上學院指定的制服走出宿舍。

「啊，早安～歐嘉同學！愛麗絲小姐！」

在入口處等待的瑪希蘿大力揮著手，朝我們跑了過來。

嗯，今天的晃動也非常讚。

這東西光是這樣就能夠讓我往教室走去的步伐變得更加輕盈。

「嗯，早安。」

「早安，黎切小姐。」

「妳今天把頭髮綁起來了呢。」

「嗯！因為今天有體育課，而且天氣也差不多要變熱了啊～」

瑪希蘿用手指彈了一下翹出來一搓的小小尾巴。

可以隱隱瞥見平常遮蓋住的後頸，對健康非常好。

肯定有只能從她身上獲取的營養素。

「欸，那是……」

「傳聞說的是真的嗎……」

當我們走在通往校舍的路上時，時不時有視線朝我們這邊望來。

由於他們都小聲議論，聽不清詳細內容，不過大概是伊尼本多的事傳到他們耳中了吧。

把鄉下的柔弱孩子們關在領地裡，為了打造勞動戰士而讓他們體會地獄的每一天。
這行為非常符合惡毒領主不是嗎？
不過為了我安閒度日的未來，這是在所難免的犧牲。
來仰賴我這種人就是他們運氣的盡頭。
「傳聞變得很不得了呢。」
「隨便他們說。我只不過是做了我認為應該做的事情而已。」
「哈哈哈，這句話很有你的風格呢。」
就連平常總是在我身邊的瑪希蘿看起來也沒有很在意。
這傢伙出身平民，所以沒有什麼其他認識的人。
就算聽到傳聞，她也明白不要離開我比較好吧。
不愧是考進魔法學院的聰明才智。
「話說回來，從今天起就要開始魔法實習了呢！」
「對啊。瑪希蘿，妳要按照我們之前說好的做喔。」
「嗯，我知道。我不會使用冰屬性魔法，也會抑制威力。」
在別人面前公開那個力量太過強大了。
見到瑪希蘿魔法的瞬間，應該會出現想要得到她的人吧。

那樣就傷腦筋了。我不會把這個胸部讓給任何人。

「那就好。妳要小心別做出顯眼的舉動。」

「好～的。我會注意。」

「妳不用在意成績。我會照顧妳一輩子。」

要讓她加入後宮，理所當然要負責養她。

照料她們是創建後宮的那一方會產生的責任。

到了那個時候，肯定已經完成就算不工作也會有錢湧進來的系統了，所以沒什麼太大的問題。

「………這種不經意的地方真狡猾呢。」

「哪裡狡猾？」

「沒事，沒什麼～」

什麼啊，妳倒是說出來啊。這樣會讓我很在意耶。

我把目光轉向愛麗絲，不知道為什麼她露出一副看見欣慰東西的表情。

「兩位的關係真好呢。」

當我們那樣交談的時候，突然聽見前方傳來中性的嗓音。

轉頭看去，是我以前的青梅竹馬。

「妳好，黎切小姐。還有歐嘉也是。」

「妳會來跟我搭話還真是難得呢。要是被妳父親看見又要生氣了吧，卡蓮？」

「那就代表父親跟我的想法不一樣。」

「妳果然變了呢。以前跟在我身後的愛哭鬼已經不見了。」

「哈哈哈，這件事太羞恥了，拜託別跟別人說啦。」

「那、那個……？」

跟不上話題的瑪希蘿頭上冒出問號。

不對，她有疑問的或許不只這點。

我向瑪希蘿介紹這位從我前方插進來一般站著、身穿**男學生制服**的**她**。

「這傢伙是卡蓮・雷蓓茜卡，是雷蓓茜卡公爵家的獨生女喔。」

「公爵家的……！初、初次見面！我是瑪希蘿・黎切。」

「初次見面，黎切同學，我是卡蓮・雷蓓茜卡。假如妳也願意與我和睦相處，我會感到很高興。」

雖然她比我還要矮一個頭，擁有不輸男人身高的她用雙手包覆住似的握住瑪希蘿的手。

「不過，自從開學典禮之後就沒有在學院裡說過話了呢。」

「我這邊也發生了許多事啊……」

回答得很含糊……要我猜想的話應該是跟王太子發生了什麼……之類的。

有關那個王太子在學院裡的事跡，我也聽到了一點風聲。但是幾乎都是一些不怎麼樣的消息就是了。

雖然她靠化妝掩蓋，隱約可以看見眼睛底下有黑眼圈，足以證明她因此受累。

可是，我不會從卡蓮口中打聽這件事。假如沒有什麼大事，我並不打算主動牽扯進去。

「這樣啊。那麼妳找我們有什麼事嗎？妳特地在這裡等我們吧？」

「呃，這個嘛……」

卡蓮的視線轉向在我旁邊的瑪希蘿。

……原來如此。她要找的不是我，而是看上這邊這位嗎？

「……妳找瑪希蘿？」

「沒、沒錯！我很擔心黎切同學有沒有什麼困擾的事情。因為我聽說很多關於那次事件的消息。」

「謝謝您的關心。」

「要是有什麼煩惱，不用跟我客氣，希望妳能依靠我。要是不嫌棄我，我會幫助妳——以立於貴族之上的雷蓓茜卡公爵家的身分。」

雷蓓茜卡公爵家代代都位於軍方頂層，不管是對抗魔族還是鄰國，都一直守護著人們的和平。

然後，讓瑪希蘿受害的是所屬於雷蓓茜卡家派系的博多爾多家兒子。雖然貴族不需要憐憫平民，本性善良的卡蓮想必會在意吧。

……雖然她的目的或許不只是這樣。

「要是她有麻煩我會解決，所以不用了。」

藉由說得不留情面，我暗中勸誡雷蓓茜卡家不許對瑪希蘿出手。

卡蓮應該也可以理解，她已經由貝雷特家負責掌管。

「確實，有你在什麼事情都能解決嘛……要是我有困難，乾脆也來依靠歐嘉吧？」

「哼，我們都是老熟人了。看是什麼事，我會考慮考慮。」

「唔！……謝謝你，歐嘉。光是聽你這麼說，我就有勇氣了。」

卡蓮如此說著，包覆住似的握住我的手。

「……這種事去對妳的未婚夫做啦。」

「抱、抱歉，不小心做出以前的習慣……」

我立即將手甩開後，卡蓮便一副很失落的樣子跟我道歉。

在這種周遭都是目光的地方……難道她沒有身為王太子未婚妻的自覺嗎？

而且瑪希蘿射向我的視線好痛。別擔心，我只對巨乳有興趣。

雖然氣氛變得很尷尬，卡蓮率先打破僵局。

「對、對了！你不加入學生會嗎？米爾馮緹學生會長時不時會提起你的話題喔。」

聽到這個名字的瞬間，我的眉頭皺了起來。

那傢伙……還沒放棄嗎？

「她說過『請在方便的時候來學生會喝杯茶』喲。你們什麼時候變得這麼要好呢？」

「喔，我們有點交情。話說妳加入學生會啦？」

「當然。畢竟能夠幫上他人的忙是我的願望嘛……歐嘉呢？」

「我還有其他想做的事情。」

「這樣啊……真可惜。」

既然那麼清楚學生會的活動內容，那麼應該很清楚像我這樣正宗的惡毒領主兒子不可能會加入。

我身邊未免太多正義屬性的傢伙了吧……

就沒有能夠跟我的想法產生共鳴的自甘墮落系嗎……

「抱歉占用你的時間……啊，對了。」

準備離開的卡蓮像是想起什麼似的，咚的一聲敲了一下手。

「……我偶爾還是可以再跟你搭話嗎？雖然……我剛剛已經說過了，畢竟我們好久沒見面，而且公爵家之間互相交流也不是什麼壞事……」

「要適度喔。我們彼此都有彼此的立場。」

「唔！這、這樣啊！說得也是！嗯，那我就這樣做嘍。那麼下次見！」

抬起手後，卡蓮就充滿精神地回去自己的教室了。

這傢伙也真是個守禮節的人。

就這麼擔心瑪希蘿嗎？

話雖如此，日常生活一直遭到他人監視也很討厭……

我這邊也來增加一些手牌吧。

讓老家去調查卡蓮周遭的狀況好了。

我讓一直在後方徹底化為影子的愛麗絲傳話委託，思考今後的策略打開教室的門。

◇◇◇◇

「嗨，歐嘉。早安，真是巧呢。」

「……」

「哎呀？歐嘉，你們也來使用圖書館啊？其實我也是。」

「…………」

「啊，歐嘉，其實那個……中午……算了，沒什麼！不用在意！」

「…………」

「沒什麼啦——！」

卡蓮來打聲招呼後就立刻衝刺跑掉。

以上就是剛才發生的事情。

「……那傢伙到底是怎樣啊？」

自從久違地跟卡蓮交談之後的一個星期裡。

我們先前從未在校園裡見過面簡直就像騙人一樣，變得非常頻繁地與她巧遇。

「呵呵，看來就算是完美的歐嘉大人，也還有需要學習的事情呢。」

沖泡熱茶的愛麗絲一邊微笑，一邊如此說道。

是我的溝通能力有問題嗎……？

「不是很可愛嗎？就像大型犬一樣。」

瑪希蘿似乎可以看見卡蓮後面有尾巴。

看樣子女性陣營似乎都對卡蓮的行動有眉目。

我明明是主人卻感到疏離，有點難過。

「下次歐嘉同學主動邀請她不也挺好的嗎？」

「我主動？為什麼？」

「嗯～愛麗絲做的餐點真好吃～這個叫做什麼呢？」

「叫做漢堡。是根據歐嘉大人所想的食譜製作而成的喔。」

「歐嘉同學還會做飯啊？真厲害呢。」

不是，聽我說話啊！

然而，要是瑪希蘿津津有味大口吃著的漢堡，其營養可以跑去胸部，讓胸部更加成長倒是無妨啦……

而且我喜歡吃很多的人。

這樣一起吃飯會有開心的感覺。

「說到底，由我主動邀請再怎麼說都違反規矩吧？」

「違反規矩？什麼規矩？」

「什麼啊，妳不知道啊？卡蓮是阿爾尼亞王太子的未婚妻。」

「王太子的！可是，雷蓓茜卡同學都穿著男裝對吧？這是為什麼？」

「……這個就說來話長了。」

卡蓮是雷蓓茜卡家唯一的孩子。現任雷蓓茜卡家主生不出孩子，儘管接連迎娶新的妻子，始終沒生出來。

問題出在那個家主的思想古板。只認可男人成為繼承者。雖說如此，卻也沒辦法接受沒有血緣關係的人。於是作為權宜之計，便將卡蓮當作「男生」來養育。

……然後麻煩的是，她作為「男生」被施行教育，在一年前事態發生了改變。那就是卡蓮竟然直接受到國王欽點，要她成為阿爾尼亞王太子的未婚妻。

王太子的未婚妻代代都從四大公爵家挑選出來。

雖然其他公爵家的現任家主也有女兒，卡蓮是當中最早出生，跟王太子同世代的女子。再加上她是歷史最為悠久的雷蓓茜卡公爵家的獨生女，似乎毫無異議，馬上就定下來的樣子。

「所以卡蓮是平常就喜歡，才會穿著長久以來習慣的男性服裝。雖然這只是我的猜想就是了。」

「貴族也有很多狀況呢。話又說回來，雷蓓茜卡同學好可憐……」

「出生在雷蓓茜卡家，對她來說應該是最大的不幸吧。」

「呃……那麼，現在這個狀況對王太子殿下來說不太妙吧……」

瑪希蘿不安地四處張望。

咀嚼！咀嚼！

「所以我那天才會把卡蓮握住的手甩開……之所以沒有引起問題，還得多虧王太子對卡蓮根本沒有興趣吧。」

昨天從老家寄來的信上寫著兩人關係冷透了的情報。

這個婚約由兩家的家長主導，卡蓮和王太子的關係本來就沒特別要好。

而且王太子的性格難以相處在初次見面打招呼時就能知道。

應該讓卡蓮很辛苦吧……儘管到了現在也還是如此。

「那個拈花惹草的王太子正樂於跟別的女人玩耍呢。」

「咦？拈花惹草的王太子……？」

「因為那傢伙對卡蓮絲毫沒有興趣嘛。你們看那邊。」

我夾取愛麗絲的料理，同時指向後方。

在那邊被高年級的女學生們包圍的人，正是傳聞中的阿爾尼亞王太子。

「阿爾尼亞殿下，啊～」

「嗯～很好吃喔。妳為我做的料理果然是世界上最棒的。」

「討厭……我好高興。」

「殿下！接下來換我！請吃吃看我的！」

「用不著這麼著急，我不會不見啦。哈、哈、哈！」

多麼愉快的用餐景象。

王太子似乎從入學開始就經常讓卡蓮以外的女生侍奉，謳歌著青春。

起初其他學生還會顧慮卡蓮，但是最近完全不理會了。

雖然當事者本人對王太子的行動澈底採取不管不顧的態度，她身邊的人似乎很不是滋味的樣子。

「就算是這樣，那也不代表她可以跟我交好啊……」

——嗯，等等喔？把話說出口，我才感覺到不太對勁。

對雷蓓茜卡家來說，修復與阿爾尼亞王太子之間的關係應該是最優先事項才對。想必她老家也有對她下達命令。

然而她跑來接近作為異性的我想圖謀的好處是……這樣啊，原來是這樣……！

「咯、咯、咯，卡蓮那傢伙……竟然利用我啊……」

「利用……？您有什麼頭緒了嗎，歐嘉大人？」

「她最近頻頻找我搭話，我還以為是來邀請我加入學生會，但是還有另一個理由。」

愛麗絲一直以來都灌注心血在武術上，所以根本不了解女人心。

真沒辦法。讓部下成長也是上司的職責。

就讓我來替她說明吧。

「卡蓮想讓王太子吃醋啊。所以，她才會這麼積極地跟別的男人，而且還是老熟人的我搭話。」

「…………」

「跟公爵家的我交談比較容易找藉口嘛。真沒想到我竟然會被當成擋箭牌……那傢伙真是成長了不少呢。」

「……愛麗絲小姐，請再給我一份。」

「好的，我明白了。」

不過，就這樣被利用也讓人不爽。

……對了！配合那傢伙的策略或許也挺有趣的。

卡蓮應該以為我不會喜歡她。

不過，要是我認真裝作喜歡上她的樣子，她一定會很困擾。

畢竟跟惡評不斷的我太過要好，自身的評價也會下降嘛。

對於隸屬於學生會、正義感很強的雷蓓茜卡公爵家的女兒來說，應該沒有比這更加痛苦的事情吧。

我果然是天才啊……這樣感覺能夠讓她嚇一跳。

今後對卡蓮的方針就這麼定下來了。

「對了，我也有個問題想要問。」

這麼說著，瑪希蘿將視線轉向王太子他們那邊。

「歐嘉同學，你不想被別人那樣子對待嗎？」

「喂喂喂，那麼小看我可是讓我很傷腦筋。我好歹也是公爵家的長男，在大眾面前做出那種行為——」

「我本來還想要對你這麼做耶。」

「——很想試試。」

「來，啊～」

好吃！

被美少女餵食更是加倍好吃。

「真是的～你吃那麼大口，都沾到醬汁嘍。」

瑪希蘿朝我伸出手，用手指將沾在嘴角的醬料擦掉。

「抱歉，我立刻拿手帕……」

「——順便問一句……」

背後突然感到寒氣竄過。

「歐嘉同學，你應該不會無謂地組建後宮（做那種事）吧？」

怎、怎麼回事……？

我從瑪希蘿身上感受到強烈的壓迫感。

她平常明明那麼輕飄飄又能帶來負離子的感覺……？

「是、是啊，那當然。我會誠實面對。」

就算創建後宮，我也會真誠地對待每一人。

畢竟被那些以金錢為目的的女人追捧，也不會有好下場。

「這樣啊，那就好。」

看來她接受這個說法了。

逼近我的瑪希蘿坐回去，然後恢復成以往的氣息。

「好了，來吃午餐吧。午休要結束了。」

「說、說得也是……」

在那之後，我不太記得漢堡的味道。

◇◇◇◇◇

我每天都很痛苦。

我的人生不屬於我自己。

而是被父親和雷蓓茜卡家給奪走了。

無論是夢想著跟喜歡的人結婚，還是無可替代的朋友都被奪走了。

可是現在的我有期盼。

我躲在柱子陰影處繫好領帶，做出大家理想中的卡蓮．雷蓓茜卡形象。

「……呼……好！」

畢竟膽小又丟臉的我不被任何人需要。

只有他願意接受那時候的我……

「……歐嘉。」

我呼喚一直以來支撐著我的心靈的朋友名字。

無論每天有多麼艱辛，我能夠撐過去，都是因為進入魔法學院後有可能與他再會。

歐嘉．貝雷特。

我最喜歡他不理會周遭的評價，只遵從自己的正義而活的背影。

他幫助只是因為身為平民就被霸凌的黎切同學；坊間似乎還傳聞他拯救了孤兒院，為地區的淨化活動盡一份心力。

他從拯救我那時起就一直沒變。

開學典禮那天，我們明明完全沒有見面，他卻立刻就認出我。

歐嘉肯定不知道我有多高興吧。

雖然在我忙於學生會事務和應付阿爾尼亞王太子的時候，多出黎切同學這樣的情敵讓我嚇一跳就是了……

因為實在坐立難安，甚至一早就跑去確認兩人的關係。

「早安，歐嘉。今天的天氣好到感覺會是開心的一天呢。」

看到他來上課，我裝作碰巧遇見的樣子跟他搭話。

這就是我最近每天都會做的事情。

「……………」

呵，我明白。

他對我的態度會這麼冷淡也沒有辦法。

畢竟我做了那麼過分的事。

他受到的傷害，我也要承受。要是這麼做能讓他未來某天原諒我——

「早安，卡蓮，妳今天看起來也耀眼得不輸太陽喔。」

「……………咦？」

我無意識地從口中發出很蠢的聲音。

「可是就跟妳說的一樣，美好的一天確實就要開始了。因為一早就能見到妳啊。」

「…………」

「可以的話，下次再慢慢聊吧。那我先走嘍。」

他輕拍了一下我的肩膀，帶著笑容離開。

我、我剛剛在……作夢？

歐嘉稱讚我了……？

他見到我很高興……？

我輕輕觸碰他剛才觸碰的地方。

上面還留有一點感覺。

「歐嘉……」

心臟開始怦通怦通地鼓動。

原本打算讓它沉睡下去的心意，現在也依舊存在於心中。

◇◇◇◇◇

「咯、咯、咯……看到了嗎，瑪希蘿？卡蓮那副傻眼的表情。」

「是啊～」

「我的猜測果然是對的吧？愛麗絲，今後也要幫我留意阿爾尼亞王太子的動向。」

「遵命。」

她們也對我過於完美的演技感到滿意的樣子。

雖然她們對我露出和藹的眼神，讓我有點在意就是了。

就好像是滿臉欣慰關懷著小孩子成長的母親一樣……不，應該是錯覺吧。

「我絕對不允許自己遭到政治利用。」

昨天，我看穿卡蓮打算拿我當擋箭牌的作戰以後，立刻就想出對策。

像這樣由我主動接近也是對策的一環。

卡蓮反而無法拒絕。畢竟她的目的是讓拈花惹草的王太子吃醋。

我主動追求對她來說姑且算是正合她意。

「愛麗絲小姐，歐嘉同學真是可愛呢。」

「因為世間那些無聊的規矩，歐嘉大人缺乏與同代相處的經驗。我們作為陪伴在身邊的人，就守望著他成長的模樣吧。而且……」

「而且？」

「或許他在思考一些我們沒能想到的事情也說不定。畢竟歐嘉大人是位慈悲為懷，擁有能夠執行正義之心的人。」

「咦~……這樣啊……或許是啦……」

女生陣容那邊似乎在竊竊私語討論著什麼，但是我並沒有偷聽。

反正她們兩人一定正為了我如此帥氣的演技感到佩服吧。

總而言之，短時間內都要實行這個計畫。

結束時機就是卡蓮認為她奈何不了我，並且撤退為止。

這樣一來學生會的監視也會消失，可謂一石二鳥。

我果然是天才。贏定了，哈哈哈！

一早心情就很好的我得意揚揚地走進教室。

◇◇◇◇◇

「好美的頭髮啊。可以看得出來妳每天都很用心在照料。我非常能夠理解卡蓮為什麼這麼受大家喜愛喔。」

「什麼嘛，我還想說怎麼有一股清爽的花朵香氣，原來是卡蓮啊。還以為是女神呢。」

「卡蓮的皮膚非常細緻呢。簡直就像冰雪精靈。」

最近，我昔日的青梅竹馬很不對勁。

他說出一堆換作是以前的他絕對不敢想像的誇獎，主動來接近我。

不過，這件事先暫且不提。

「欸嘿……欸嘿嘿嘿。」

確認周圍都沒有人以後，我的臉頰紅了起來。

我把剛才發生的事情寫進我藏在制服內側口袋的日記裡。

「寫上……歐嘉稱讚我了。」

歐嘉是我的王子殿下。

沒錯，我們從小就因命運而相連在一起。

以前的我非常軟弱，就連隨侍的女僕都看不起我。

我甚至開始覺得政治聯姻下出生的我是不是不該來到這個世界。

直到那天，歐嘉對我伸出手。

歐嘉是個很不得了的人。

走在自身的道路，無論什麼障礙都能克服。

那個模樣真的很帥氣。

『這樣一來妳就屬於我了。』

當他這麼對我說的時候，我高興到身體都在顫抖吧。

被需要的喜悅。讓我覺得如果是這個人，我可以獻上一輩子。

……現在回想起來，那會不會是當時年紀尚幼的他所作出的求婚呢？

在那之後他還保護我免受別人欺負。再說跟我這個愛哭鬼來往又沒有好處……

絕對是這樣沒錯。

這樣啊，原來歐嘉喜歡我啊。

那麼，我們是兩情相悅。

結婚吧。

「欸，歐嘉同學，你對雷蓓茜卡同學做的那些事情也對我做一下嘛！」

「才不要。絕對不幹。」

「咦咦～小氣鬼～」

「瑪希蘿，妳啊，最近越來越不客氣了呢……」

我站在走廊凝視在教室裡和樂融融聊天的兩人。

……那裡明明是屬於我的特等席。

每當我們擦身而過，停下來對話的次數也變多了。

這樣一來，當然會引起別的學生注意。

開始能聽到一些「歐嘉・貝雷特正在追求卡蓮・雷蓓茜卡」這樣的傳言。
不、不過，我一向都不理會就是了。
雖然他還沒有正式說出來，不曉得會不會再跟我求婚一次。
要是他那麼做，這次我會好好答覆他。
就算要我捨棄雷蓓茜卡之名也無所謂。
新婚旅行最好在水都佛崙賈，或是祝福花園里里香拉。
無論哪個都是有名的觀光景點，肯定能度過快樂的時光吧。
並非待在宅邸而是小屋，我希望可以享受連幫傭都不在的兩人時光。
啊，不過我希望有五個小孩——
「卡蓮大人。」
——熟悉的聲音讓我一瞬間冷靜下來。
說話的人是雷蓓茜卡分家的人。
是父親僱來監視我的人。
「等一下要跟阿爾尼亞王太子殿下吃飯，差不多該出發了。」
「……我知道。」
真是令人鬱悶的時間。

逃避的妄想結束，現實降臨。

……為什麼我的未婚夫不是歐嘉呢……？

壓抑依依不捨的情緒，前去那個明明不喜歡卻還是得與他共處的地方。

無言支配的空間。

根本不可能會出現對話。

因為我們從來沒有孕育過愛情。

「…………」

餐具發出喀嚓喀嚓的聲響。

即使如此我們還是會像這樣舉辦聚餐，是為了對父親做個樣子。

所以房間裡除了我們兩個以外沒有別人。

畢竟不能暴露我們的關係冷到極點的事情。

……不對，或許在很早以前就被發現了。

我們之前從來沒有發出笑聲什麼的。

儘管如此，婚約關係依舊像這樣持續下去……就表示我真的只被當成道具吧。

「喂。」

他突然出聲，害我猛地一顫。

我似乎在沉思的時候不小心低著頭了。

我抬起頭，看見拖著腮的阿爾尼亞王太子在看我。

「是、是。請問怎麼了嗎？」

「再借我一點錢吧。五枚金幣就可以了。」

「什麼……我不是前幾天才給過您嗎？」

「那些已經花掉了。所以我才會像這樣拜託妳吧？」

「花、花掉了……？您到底花在哪……」

「不用問也知道吧？我花在那些跟男裝的妳不同，而是真正的女人身上啊！」

「……唔！」

我也不是因為喜歡才打扮成男人的樣子……！

明明很想要脫掉緊繃的纏胸布、穿上裙子，然後每天都穿上可愛的衣服。

我放棄當男生的瞬間，父親會對我說什麼呢？這件事讓人覺得很恐怖，無法表現出自己的慾望。

女性的衣服全部都被丟掉，動作舉止和說話方式也都被強迫矯正。

無論是責打的疼痛、拉扯頭髮的疼痛，還是棍棒敲打在手上的疼痛全都無法抹滅。

名為父親的束縛讓我得不到自由。
明明我作為女人，現在正被人熱烈追求……假如父親知道我們之所以進展不順利是他自作自受，會露出什麼表情呢？
「露出那種反抗的眼神是怎樣？我就算取消婚約也無所謂喔？」
「這、這個……」
「只是這樣一來的話，妳父親會怎麼想呢？」
……肯定會遭到幽禁。
這樣還算好的。他大概會準備替身，將蒙羞的我丟到邊境去吧。
雖然我的確接受了成為繼承人的教育，在那之前我處於派不上用場就會被捨棄的立場。
搞不好他還會命令我去跟某處有勢力的貴族生小孩也說不定……
如果是那個人，真的會這麼做。
因為對父親來說，所有的一切都是道具。
為了壯大雷蓓茜卡家，只是用盡一切能利用的事物。
「明白了吧？妳只要乖乖聽我的話就可以了。」
阿爾尼亞王太子露出令人生厭的猙獰笑容。
他很清楚。

我無法反抗父親的這個事實。

所以才會像這樣跟我索要大額的金錢。

「這樣一來王家的血脈就會流入世家之中，雷蓓茜卡家的待遇也會比其他公爵家更勝一籌。繼承人也有著落，妳父親會萬分歡喜。」

他明明知道我不可能去拜託父親……！

假如我跟父親要錢，就會被發現用途，然後傳到國王陛下耳中吧。

這樣一來國王就會怒斥王太子。

在那之後會怎樣發展，任何人都預料得到。

心情不爽的他就會提出解除婚約的要求。

也就是說，他打從一開始就不想與我結婚。

自從進到魔法學院以後，我都是用私人財產滿足他的要求。

如今已經要到極限了。

「真受不了，父王為了理解平民的心情在那邊搞些有的沒的。我可是王太子喔。要是能把錢丟給我，我就不用做這些麻煩的交際了。」

阿爾尼亞王太子的心情大概就是他字面上說的那樣吧。

不想跟我這種人結婚。想要再逍遙久一點。

會跟我索取大筆的金錢，也是為了跟我解除婚約。

「那麼，我們下星期見。錢要在那之前準備好喔！」

啪噹一聲，門關了起來。

留下我一個人孤單地看著自己的手。

因劍繭而粗糙不堪的手掌。

比王太子還要高的身高，以及一雙上吊眼。

假如我作為男人出生，是不是就不會有這麼難受的回憶了呢？

為什麼我會生為女人呢？

長髮闖入我低垂的視線之中。

「這種東西……這種東西……！」

我拿起放置在桌上的餐刀，準備把它剪下來。

『好美的頭髮啊。可以看得出來妳每天都很用心在照料。我非常能夠理解卡蓮為什麼這麼受大家喜愛喔。』

「……唔！」

腦海卻浮現他說的話，最終只有幾根頭髮散落在地。

餐刀從手中滑落，我筋疲力竭地當場崩潰。

「……救救我……救救我啊，歐嘉……歐嘉啊……」

淚水弄髒了我的臉龐，我一直呼喚不在場的王子名字。

◇◇◇◇◇

「——事情就是這樣，你有沒有聽說過什麼消息，歐嘉同學？」

「……我跟學生會長什麼時候關係變這麼好了？」

放學後，我們被守在校舍門口的米爾馮緹學生會長逮到，造訪了學生會辦公室。

雖然大可無視她直接回去，她搬出「卡蓮」的名字讓我走不了。

我最近都在鬧著她玩。

由於似乎是與她有關的話題，我才會像這樣跟瑪希蘿和愛麗絲一起過來……

「你不滿意嗎？那麼就叫你嗚嘉嗚嘉。」

「怎麼感覺變得更蠢了，是我的錯覺嗎？嗚嘉嗚嘉是怎樣啦，嗚嘉嗚嘉！」

「不覺得唸起來很可愛嗎？嗚嘉嗚嘉。」

「一點都不覺得。」

「真傷腦筋……嗯～那就叫……親愛的。」

「米爾馮緹學生會長？我要生氣嘍？」

提出抗議的人是瑪希蘿。

總覺得最近踩到她的某個地雷，她就變成生氣模式的情況變多了。

問題是完全搞不懂她的地雷埋在哪裡……不過我對這方面很敏銳，大概沒問題吧。

我上輩子為了當好人，一直都看著別人的臉色過活。

就算我在地雷上跳踢踏舞，也有自信絕對不會踩到。

話又說回來，她以前明明那麼怯懦，現在卻已經能夠明白說出自己的意見，成長這麼迅速讓我很高興。

「呵呵呵，你被愛著呢，貝雷特同學。」

「是啊，相親相愛。」

我被瑪希蘿的胸部吸引、知曉她的人格品性，然後更喜歡她了。

她千變萬化的表情看都看不膩、胸部又大、充滿上進心，也喜歡她穿著最大尺寸的制服依舊快撐破的胸部。

「討、討厭，歐嘉同學，你真色，看得太過火了。」

「所謂英雄愛美人……嗎？既然如此，我的胸部怎麼樣啊？你大可以凝視被所有人憧憬的學生會長的胸部喔？」

「看著貧瘠的東西，心靈也只會變得很貧瘠吧？」

「…………」

「噫！」

米爾馮緹手上拿的茶杯把手硬生生斷裂，裡面的茶灑到桌子上。

瑪希蘿被學生會長散發出的驚人黑色氣場壓倒，立刻緊抓住我的手臂。

啊～真治癒、真治癒。

女人味的差距如實呈現出來了呢。

這個大小到底是怎麼回事……就算要被扣固定資產稅也不奇怪吧……

「……好了，場子也差不多熱起來了，玩笑就開到這邊，我們回到正題吧。」

氣氛冷到極點了吧？

吐槽也適可而止，她提出的話題開頭也是要拿來詢問我們的事。

「雷蓓茜卡同學今天無故缺席學生總會，各位知道些什麼嗎？」

「我是第一次從妳這邊聽聞此事。不過，她今天早上看起來很有精神啊？」

「這麼說來，就是在那之後發生了什麼事吧。」

「發生什麼事？妳為什麼會這麼想？」

「她是個既認真又有責任感的人，不會無緣無故丟下職務不管。」

學生會長的評價很正確。

卡蓮的性格不喜歡給別人添麻煩。

只要自己忍耐就能解決的事情，就算她很討厭也甚至會接下來。

「要是單純只是這樣，妳還不至於特地把我們抓來吧？」

「……呵呵，被看穿了嗎？其實我很擔心她，也去她的宿舍房間看過了，但是沒有任何回應……她究竟在哪裡呢？」

「有好好確認過房間裡嗎？」

「嗯，那當然。不過誰都不在喔！」

「…………」

「最近你們感情似乎不錯的樣子，所以我想說你會不會有什麼頭緒……貝雷特同學？」

「……這樣啊。嗯，可能只是錯過了而已吧？她不可能跑去學院外面。考慮到她的立場的話啦。」

「我也這麼想。不過要是找到她，還請跟我說一聲。」

「知道了。我會幫這點程度的忙。」

要是這麼簡單的事情就能賣個人情，我就多少花點時間吧。

反正我學完全部課程內容的範圍了。

也不需要複習。畢竟放學後有多出來的時間嘛。

這下要說的事情就都說完了吧。

我站起身，準備離開學生會辦公室。

「你知道她因為阿爾尼亞王太子的關係而備受折磨嗎？」

……然而新情報使我為之佇足。

因為那個拈花惹草的王太子而痛苦……這樣啊。

卡蓮果然打從心底思念那傢伙吧。

這次的事情一定也是因為對方完全不搭理自己，太過悲傷才會衝動行事。

也就是說她把我當成擋箭牌的這個猜測是正確的。

「……嗯，我當然知道。」

「唔！我就覺得你果然已經注意到了。畢竟我聽說過你近期的活躍。所以就算你之前跟同學沒什麼交流，依舊突然選擇接近對方……我說得沒錯吧？」

「……誰知道，不好說。」

已經被她察覺到這種程度了嗎……！

我拋了一個視線給愛麗絲，她在米爾馮緹看不見的位置打了一個小╳。

意思就是，我們沒有遭到監視。

所以她是靠自己擁有的情報進行推測，然後推理出真相的嗎？

不愧是作為第一魔法學院所有學生領導的人物。

比想像中還要能幹。我將她的危險程度又往上修正了。

「無論是誰都會對他的所作所為睜一隻眼閉一隻眼吧？可是我個人不能放過他。」

她們同為女性，果然沒辦法忽視王太子的所作所為吧。

米爾馮緹學生會長也沒什麼必要討好他，而且看起來也不是會用長相選男人的人。

正因為如此，才能夠像這樣直截了當地作出批判。

她會老實告訴我這件事，是因為她確信我跟她有同樣的想法。

「因此，我有一個提議要給你。」

「提議？」

「沒錯。無論你接受還是不接受，可以請你聽一次看看嗎？」

她剛才說她知道我的傳聞。

……確實，這次的事件除了我這樣的反派，大概都不會答應。

「……這提議對我有沒有益處，就讓我判斷看看吧。」

看見我再次坐下來，她露出開心的微笑。

「對此你不必擔心。」

「——因為在這個學院裡，米爾馮緹（我們）才是最高權力。」

黑暗。我深處在黑暗之中。

很安靜，就像只能聽到自己的呼吸和鼻息的孤獨空間。

啊啊……這種狹窄讓我放鬆。

我上次這麼做已經是小時候了。

我一點也不堅強。我為了變強而努力過。

我的存在意義到底是什麼呢？我的人生又是什麼呢？

感覺我一直在重複著看不見答案的自問自答。

「……！」

喀嚓一聲，傳來鑰匙打開的聲音。

……這次又是誰？

米爾馮緹學生會長來的時候，我從頭到尾無視了她。

給學生會造成麻煩的我一定會被開除吧。

不過無所謂了。反正我都會被父親帶回老家。

既然這樣，在此之前的這段時光，我想要自己一個人慢慢待著。

就這樣一直一直待在黑暗裡——

「妳果然在這裡啊？」

——咦？

一道光芒照射進來。

已經聽慣的聲音。一直都想聽到的聲音。

一抬起頭，他一臉傻眼的表情站在那裡。

「啊，咦……為什麼……？」

「從以前開始，只要遇到什麼討厭的事，妳都會藏到衣櫥裡不是嗎？我只是在猜妳這次應該也一樣。」

「你、你還記得啊……」

「妳以為我都找過妳幾次了。早已印象深刻到想忘也忘不了。」

「哈、哈哈哈……」

他的記憶裡還有我。

這個事實讓我很高興。

明明被他討厭到抹除掉關於我的記憶也不奇怪。

我很高興他跟那個時候一樣，一副傻眼的樣子聳著肩膀。

「看來就算是學生會長，也沒想過要檢查衣櫥裡面呢……呃，妳這是在幹嘛？」

我不想被他看見我現在的臉，不自覺用手擋住。

這、這副妝都花掉的慘狀，絕對不想被歐嘉看到……！

「沒、沒有啦，因為我直到剛剛都還在哭，眼睛都腫起來了，被人看見太羞恥了……」

「誰管妳這麼多。」

「啊！」

他抓住我的手，輕而易舉地就把我帶出去。

差點跌倒的我就像被吸引似的跌入他的懷中。

我們的姿勢變成了擁抱，於是我準備離開，可是他在我這麼做以前先咚的一聲摸了摸我的頭。

「我早就看慣妳哭泣的樣子了啦。事到如今也不必在意了吧？」

「……這樣啊。也是呢……」

我將臉埋在他的胸口，就這樣輕輕環繞住他的腰。

就像以前他安慰我時做的那樣。

「……謝謝你，歐嘉。」

安心下來的我不再隱藏，再次放聲哭了出來。

◇◇◇◇◇

我此刻正在校園內奔跑。

懷裡還抱著將自己的高個子縮成一團的卡蓮。

「咦、咦……我怎麼會被公主抱啊……這是夢嗎？這樣啊，或許真的是夢也不一定。是我在逃避現實時，腦袋讓我看見對我有利的夢。」

卡蓮語速非常快地低聲嘟噥。

她的臉頰泛紅，呼吸也很急促。

應該是搖晃得很難受吧？

真拿她沒辦法。只好多出點力抱她，讓晃動輕一點吧。

「——唔！」

不知道為何卡蓮發出不成語調的聲音。

她的臉紅到讓我懷疑她是不是發燒了。

可能是因為她像以前那樣把自己關起來哭，所以悶出熱度。
就算不是，也是壓力累積而導致身體變差。
不可否認，導火線也有可能是因為跑步時的晃動。
「抱歉，先暫時這樣待著別動。」
「……嗯！……嗯！」
點頭如搗蒜的她伸手環住我的脖子。
『請不要被任何人發現，將她帶來學生會辦公室。』
這就是蕾娜．米爾馮緹給我的任務。
既然如此，當然不能正正當當地從宿舍走出去。
確認周圍沒有別人的視線以後，我們從窗戶跳了出來，然後來到這裡……
「歐嘉大人，這邊。」
「知道了。」
我繼續跟在事先去勘查的愛麗絲身後。
「歐、歐嘉……你到底要帶我去哪裡……？」
「學生會辦公室。」
「咦！」

把卡蓮平安無事地送到學生會。

這就是我跟學生會長的約定。

「我等妳很久了，雷蓓茜卡同學。」

只有月光照射進來的房間中央，米爾馮緹面帶微笑地站在那裡。

依舊是那麼可疑且虛偽的笑容。

我將一臉鐵青的卡蓮放下來，她立刻用視線向我求助。

……不過，我當然選擇無視。

不管有什麼理由，都不應該擅自放棄職責。

而且聽上去，米爾馮緹似乎打算幫助卡蓮。

這裡就算撒手不管，讓卡蓮誠心誠意地道歉，應該也對事態比較好。

「真、真的非常對不起……！」

「好，可以了。」

「……咦？」

「我並沒有在生氣喔。畢竟我負責的可不是一個學生會成員沒來，工作就沒辦法運轉的組織。」

比起這個——她繼續說。

「我更高興妳能夠老實地道歉，並好好地出現在我們面前。對吧，貝雷特同學？」

「是啊。卡蓮不在的話，話題就不會進展。」

我站到卡蓮面前，抓著她的肩膀與她四目相交。

「咦？幹、幹嘛？」

「卡蓮……我聽說妳和王太子之間的事了。」

「那、那是……」

雖然這對卡蓮來說應該是不想被打聽的事情，對我來說卻是有利的情報。

我原本還以為他們只是關係不好而已。

實際上的事態卻更加黑暗，卡蓮像現在這樣子遭受到傷害。

這裡我希望大家回想一下。

我之前採取的行動，對卡蓮說出無數的甜言蜜語。

假如把這些都連在一起，那麼就會得出一個答案。

那就是……奇怪？卡蓮該不會真的喜歡上我了吧？

這很不妙。真的非常不妙。

所以我需要先確認卡蓮的心意。

「卡蓮，妳希望怎麼做？」

「我、我……」

「不要考慮人情世故什麼的，我希望妳能夠告訴我妳真實的心意。」

我這麼說完，她的身體就不再顫抖。

她緊緊抓著衣襬。

「……我想跟你在一起……就像以前那樣，一直在一起。」

看吧，果然沒錯！不小心賺足太多好感度了。

當我從米爾馮緹那邊聽說情況以後，這恐怖的可能性便在我腦海中一閃而過。

我想要組建後宮。

然而雷蓓茜卡公爵家的女兒喜歡我的事情要是傳了出去，誰也不會來牽我的手吧？

畢竟公爵家的壓力很恐怖。

因此，要是卡蓮不能像以往那樣以王太子未婚妻的身分生活，我會感到很困擾。

不過再這樣下去，那只會是不可能實現的未來。正好我和米爾馮緹在此時介入此事。

「……這樣啊。」

比賽結束的號角尚未響起。

還有機會恢復。

我已經想到方法了。

這次米爾馮緹的目的應該也一樣才對。

否則她不會特地跑來跟惡名昭彰的我提出交易。

「事情或許不會照妳期望的發展。不過，我會竭盡全力。」

「……對不起。我依舊跟那個時候一樣那麼軟弱。」

「別在意。依賴別人並不是壞事。剩下就交給我吧！」

「……嗯。」

因為妳要是擅自行動，我會很傷腦筋啊！

全部都交給我吧！妳放心！我不會害妳！

米爾馮緹似乎會負全責的樣子。

而且據說學院長還會親自出面應對卡蓮的那個爛老爸。

既然如此，我該扮演的角色打從一開始就只有反派而已。

「米爾馮緹學生會長。」

「是，有什麼事嗎？」

「我希望能與阿爾尼亞王太子決鬥。」

我要狠狠揍一頓那個人渣兼拈花惹草的混蛋，讓他挫敗後改過自新。

然後讓改過自新的王太子把至今為止的所有債務全部還清，從零開始重新跟卡蓮攜手共度人生。

取名為「王太子的新生遊戲作戰」……！

◇◇◇◇◇

「我希望能與阿爾尼亞王太子決鬥。」

筆直射向我的視線令我的內心為之顫抖。

無論什麼時候、無論到哪裡都不會扭曲自身正義的象徵——歐嘉．貝雷特。

到底是怎麼想，才會為了青梅竹馬去找王太子對著幹呢？

不過，如果這麼做的人是貝雷特同學，我絲毫不會覺得奇怪。

他親自帶頭保障了身為平民的黎切同學的容身之處。

還跑去荒涼的鄉下救濟孤兒院的孩子們，而且為了讓他們能夠獨立，甚至帶到自治領地援助他們。

由於擔憂治安惡化的問題，讓優秀的人才到各地巡視，然後建立了警備部隊。

這些全部都不是貴族會做的行為。

他能夠下定決心做出這些事情，我能想到的理由只有一個。

正義感。

他擁有的善心無法容忍惡事存在，所以才驅使他這麼做。

最近在學生之間也引起越來越多討論的他，同時也經常能夠聽見「他看上的是名聲」、「背地裡謀取了大筆金額」之類的壞話。

不過，那種話想想就知道是出於嫉妒的胡說八道罷了。

就算大家都說他是「救世主」，他不驕傲是因為對名聲不感興趣。

事到如今，公爵家出身的他沒有理由想要，能夠從平民身上壓榨的少數錢財。

我就是賭在這份正義感上。

然後我贏了。

「好的。我以學生會長的身分通過這個申請。」

我在心中暗自竊喜。

竟然能夠如此按照計畫進行。

老師也會很高興吧。

利用王太子來確認博多爾多家的笨蛋兒子說的證言是否屬實。

可以親眼看見魔法消除。

在這個意義上，這次發生的問題牽扯到他身上真是太剛好了。

「可、可是，王太子怎麼可能接受這種要求……」

雷蓓茜卡同學會不安也情有可原。

可是，這次他毫無疑問——

「不，那傢伙會接受。因為對手是個『吊車尾』。」

就如同他說的一樣。

世界上普遍來說，消除魔法的魔法——老師暫且稱為魔法消除——並沒有流傳開來。

是個連我們都還不敢確信的技術。

雖然阿爾尼亞王太子算不上最頂級，身為王家孩子的他具備高水準的實力。

更何況他還是自尊心高的王太子。

他應該不會拒絕與他認為低一等的貝雷特同學決勝負。

當然，主要原因並不止這一個。

「那麼在此之前，我先問一下贏的時候你有什麼要求吧？」

決鬥制度是本校的特色。

所有的一切都藉由魔法實力來作決定。正因為主打無關乎身分，這個校規（規則）才會被採用。

內容非常簡單。

那就是輸家要接受贏家的要求。

要賭什麼東西都沒關係。地位、金錢、知識、身體、戀人、未婚妻……
只要對戰的對手答應，無論什麼都行。
「米爾馮緹學生會長，我有一個問題……我可以把這個權利讓給卡蓮嗎？」
「咦？」
雷蓓茜卡同學對這個提議感到很驚訝，在我看來卻是可以猜想得到的範圍。
他幾乎沒有物慾。
舉行這場決鬥也是為了讓雷蓓茜卡同學的待遇變好而已。
所以才會將機會讓給她吧。
為了讓她自己選擇卡蓮·雷蓓茜卡的未來。
無論決鬥結果如何，貝雷特同學應該都會乾脆地接受。
「只要阿爾尼亞王太子那邊接受，就沒有問題。那麼，我就照這樣子進行準備吧。」
「由我聯繫他會比較好嗎？」
「不必，由我這邊進行聯繫吧。畢竟主持決鬥也是學生會的工作之一。」
「幫大忙了。我想請妳順便幫我帶句話。」
「是什麼呢？」
「幫我跟對方說，不管他的要求是什麼，我都接受。」

「……！那還真是……對我來說工作也變輕鬆了，真是幫了大忙。」

這可能是我久違地從偽裝出來的虛偽笑容變成別的表情也說不定。

儘管實際上應該沒有改變，我現在情緒高漲。

或許終有一天他會成為「英雄」。

他隱藏著這樣的資質。

原來如此。怪不得老師想要在他徹底成長起來之前解決掉他。

帶著正義感的英雄……在老師計劃要打造的夢想世界裡，他毫無疑問會與之為敵吧。

「不過真的可以嗎？你竟然要毫無條件地接受。」

「就、就是說啊，歐嘉！為了我做這種事……！」

「我只不過是做我想做的事罷了。也不是為了妳，妳不用放在心上。為了活出我自己，有必要舉行這場決鬥。」

被他這麼一說，雷蓓茜卡同學就再也無法反駁了。

貝雷特同學真是個狡猾的人。

「……對不起……對不起……」

「呵……我還以為妳已經變得非常不一樣了，結果依舊是個愛哭鬼呢……卡蓮，妳覺得我會輸嗎？」

雷蓓茜卡同學大力地左右搖晃著頭。
他屈膝蹲下與她視線相交，接著便輕輕地用手指抹去眼淚。
「既然這樣，就笑著為我加油吧。妳比較適合那個樣子。」
「歐嘉……」
……看著學妹已然一副發春的表情，還真是有點難以直視呢……
這種事請你們回到房間以後再做。
然後到了隔天。
學生會發布了阿爾尼亞・羅狄茲尼和歐嘉・貝雷特決鬥的消息。

◇◇◇◇

『阿爾尼亞王太子VS貝雷特的決鬥成立了！』
『莫非是以卡蓮・雷蓓茜卡為中心，賭上愛的決戰嗎！』
「唔嗯……」
學院內發送的號外標題寫得相當有趣可笑。
明明實際上，我和拈花惹草王子都對卡蓮沒有愛戀的情感。

我之前確實強調了「不是為了卡蓮，而是為了我自己」。因為是很重要的事情，我還說了兩遍。

這樣一來，那傢伙也不會產生什麼奇怪的誤會吧？

「可是，說謊說到這個地步來鞏固形象，真的讓人笑不出來耶。」

報導上也記載著王太子的鬥志，內容寫道：『我會全力以赴應戰，不會把她的心讓給任何人。』

這是在搞笑嗎？我真的很想問問他，他到底有什麼臉作出這樣的發言？

就算是我都覺得不高興。

學院內已經開始營造出為王太子加油的氣氛了。

不過這也是當然的。畢竟我拒絕了採訪，而且風評本來就很差。

雖說如此，其實到這裡都跟我預料的一樣。

我期望的舞臺正漸漸形成。越是把我塑造成反派，王太子戰敗的時候帶來的傷害想必就越大。

也就是說，卡蓮趁他虛弱時進攻的機會就越大。

「都是因為你不理睬新聞社的關係，他們甚至採訪到我這邊來了喲。就好像祭典一樣熱鬧呢。」

「這是新生提出的第一場決鬥。而且還是公爵家和王家雙方兒子之間的戰鬥，會這樣也是理所當然。」

「哼，隨他們鬧騰去吧。我要走在自己的霸道上。」

「是，我認為這樣很好。」

「嗯嗯嗯，畢竟雷蓓茜卡同學也真的很可憐——哇噗！」

察覺到有人靠近，我把她摟過來堵住她的嘴。

不管再怎麼無關乎身分，被**本人**聽到都不太好吧。

而且與此同時還可以享受瑪希蘿的胸部，我真是機靈。

「竟然是阿爾尼亞王太子殿下。請問有什麼事嗎？」

「你挺隨心所欲的嘛，裝作反派的『吊車尾』同學？」

阿爾尼亞王太子並非露出他對著別人時的和藹笑容，而是歪斜著嘴角露出討人厭的新月形微笑來跟我們搭話。

他對女生露出的表情是偽裝的，這個才是本性吧。

跟學生會長在情報裡說的男人（阿爾尼亞）一模一樣。

既然如此，我也拿出相對應的態度來對付他吧。

「這樣露出本性好嗎？」

「經歷過之前的事件，你應該也知道這裡很少有人會來吧？」

「也是啦。很少有學生會來舊校舍這邊。」

所以我才會把他引誘到這裡。

我注意到他這幾天很明顯試圖與我接觸。

畢竟那些與他沆瀣一氣的傢伙們一直在身邊亂晃嘛。

就連現在也是，他裝作一個人來這裡，可以感覺到周遭有別人。

不過他們的藏法還真爛耶。愛麗絲都可以把氣息壓得再更低一些喔。

「……所以呢？王太子殿下特地找我有何貴幹？還沒到決鬥日喔？」

「我要說的很簡單。那就是溫柔的我是來憐憫你的。」

阿爾尼亞一副吊兒郎當的模樣拍拍我的肩膀。

「決鬥投降吧。你要帥也要夠了吧？假反派要在被討伐前退場啊。」

「我拒絕。」

因為是預料中的提議，我立刻就作出回答並揮開他的手。

愕然看著無處安放的手後，阿爾尼亞凶狠地咬牙切齒。

「我的意思是你還上不了檯面啦。聽懂的話就給我退出。」

「同樣的話我直接奉還給你。等明天再對付你，今天就先回去吧。」

「在意面子也沒個屁用吧？反正你只要再關在家裡不出來就好了。」

他根本沒在聽我說話……吧？唉，我真的很希望他早點回去……

話說我開始有點擔心，這傢伙的性格真的能夠改過來嗎？

不，這是衝擊療法。

只要知道自己的不成熟，應該就可以重新振作。再怎麼說他也流著王族的血脈。

這點程度的氣概肯定還是有的。要是不這樣說服自己，我真的會幹不下去。

……既然如此，我應該做的事情就只有一件。

「……怎麼？你該不會怕我吧？」

我要激他，一定要讓他使出全力打過來。

然後再把他打到體無完膚的話，就說什麼藉口也沒用了吧。

為了大家，我要事先把他的退路都封死。

「唉～呀～虧我還對你這麼溫柔……我決定了。我要殺了你。」

「哼，難道要偽裝成意外嗎？」

「誰知道呢？不過，像你這種不會魔法的傢伙就算死了，誰也不會難過吧？家人搞不好還會很高興呢？」

壓迫感瞬間增強……從身後傳來的。

冷靜點，愛麗絲、瑪希蘿……！

妳們的怒氣比煩躁的阿爾尼亞還要高漲！

比起跟這傢伙的對話，我更擔心妳們什麼時候會失控！

阿爾尼亞也倒是給我察覺我的用心啊……！

「在那之後我都沒法找樂子，累積了很多壓力。你就竭盡所能地陪我釋放壓力吧！」

「我們之間沒有共識呢。很不巧地，我並不打算當你的沙包，明白的話就快回吧。」

「那麼，隨從她們也要跟主人一起負責才行吧？」

我抓住他準備伸出的手緊緊握住。

混帳東西！想死嗎！

「哦～～……看你這麼拚命，看來你很珍惜後面那兩人呢……我真是越來越期待了。」

我當然要拚命啊！畢竟我不想血洗這裡嘛！

我有預感，要是再繼續觸怒她們兩人的神經，這裡就會多出一具屍體。

再怎麼說也不能殺害王太子。不然我開心的異世界生活就會一口氣變成逃亡求生生活。

「……我先警告你一句。不要用你的髒手碰我重要的後宮（兩人）。聽明白的話就給我回去。」

「歐嘉同學……」

「……我對您的忠誠又更上一層樓了，歐嘉大人……」

「哼，你們對彼此還挺上心的嘛。不過無所謂，反正決鬥結束後全部都會是我的。」

「「……」」

阿爾尼亞用一種就像舔遍她們全身上下的齷齪眼神看向她們。

……喂，阿爾尼亞，我也是會不爽的喔？

用這麼失禮的態度對待我的人，我怎麼可能會有好臉色。

「……這就是你的要求嗎？」

我擋在王太子和她們中間之後，才放開他的手。

「沒錯。從反派手中保護未婚妻、救助弱小的平民，這是很完美的劇情吧？」

「是這樣嗎？在確定你輸了的瞬間，劇情就崩壞了。」

「……這傢伙，嘴巴倒是長大了不少……」

「——就算我們在這裡互嗆也沒用吧？一切都會在明天得到結果。」

我不想再繼續耗下去，於是就像要打斷他說話似的蓋過他的聲音。

「所以，快點回去吧。」

我指向阿爾尼亞他們出現的方向，明確地要他離開此處。

這已經是我第三次示意他回去了。

他也差不多該明白了……反正想說的話都說完了吧？

終於轉身折返的阿爾尼亞最後瞪了一眼這邊。

「……啊啊，對了。你可別逃跑喔。明天是你人生終結的日子。」

「不對，是你重生的日子喔。」

我不只就這樣看著阿爾尼亞，而是一直目送到周遭人們的氣息都消失為止。

……呼，終於回去了吧……

「歐嘉同學……！」

「唔喔！」

胸部……！壓在背後的柔軟觸感……！

多虧瑪希蘿抱過來的關係，剛才那種荒唐的氣氛瞬間消散，回歸平常。

她沒有直接放開我，反而將臉埋在我的後頸處。

輕掃而過的頭髮讓我有點癢。

「我覺得……我真的是個很幸福的人呢～」

「就是啊，竟然為了我們說那些話……能夠侍奉歐嘉大人是我人生的驕傲。」

「……我不過是負起我的責任而已，沒那麼誇張啦。」

「……說的就是你這種地方啦。」

「妳有說什麼嗎？」

「沒有，沒什麼。我只是再次意識到，如果是歐嘉同學肯定會這麼做而已。」

「我倒是覺得就算不是我，別人也會這麼做。」

為了達成「王太子的新生遊戲作戰」，有兩個必要條件。

其一，決鬥需要獲得學院長的公認，讓王家不能插手影響結果。

其二，準備眾多證人。

多虧米爾馮緹擔起這個職責，這些條件都滿足了。

剩下只要我在決鬥時獲得壓倒性的勝利就可以了。

也就是說，已經確定會迎來成功的未來。

要說需要注意的點，那就是我要一邊判斷實力差距，一邊調整出手時的輕重讓他不要死了吧？這樣就可以在帶給他挫折的同時，我也能獲得讓他重生的機會。

我只要在落敗的王太子耳邊輕聲說句：「拚了命也不屈不撓的你才是適合卡蓮的人。」那傢伙應該就會把「待在卡蓮身邊」這件事當作精神支柱，從而振作起來吧。

同時照顧到心靈層面，也能夠把卡蓮引開！多麼完美的作戰內容啊！

「咯、咯、咯……別擔心，瑪希蘿。我踏上的霸道不會因為這種事就止步。」

假如這個「王太子的新生遊戲作戰」成功了，居中調節的我就能賣人情給王家和雷蓓茜卡家。

面對這兩家能夠握有優勢的機會可不多。

而且，要是改過自新的王太子成為下任國王，我的存在感將會變得龐大。受到國王和王妃感謝的貴族……這不是非常不錯嗎？

「沒問題。歐嘉同學，我不懷疑你的勝利。」

「哦～妳變得很理解我嘛。」

「而且無論是什麼道路，我都會一直走在你身邊——雖然現在要保持這樣就是了！」

事情似乎就是這樣，所以我繼續背著瑪希蘿，再次邁步前進。

愛麗絲也跟平常一樣走在我身邊。

……嗯，這樣果然最讓人心情愉悅。

「不過，歐嘉大人，這樣真的好嗎？」

「妳指什麼？」

「就是王太子的實力，比當初預想的還要……那個……」

愛麗絲欲言又止的事情想必是她感覺到王太子比我預估的還要強。

也就是說，可能需要用到「魔術葬送」。

然而，我並不打算施展「魔術葬送」。

瑪希蘿那時是因為幾乎沒有目擊者，我並沒有太在意，這次實在是因為全校學生都會成為目擊證人。

畢竟我在開學前也跟父親大人他們討論過如何使用的事情。

關於這點我已經好好思考過。

「別擔心，都打點好了。我會在那樣的基礎下擊倒他。」

「……原來如此。考慮到以後的狀況，這樣最好。真是失禮了，我的想法太淺薄了。」

「不會，跟妳意見一致，我也就安心了。不用在意。」

為了不讓瑪希蘿從肩上滑落下來，我把手伸到她光滑的大腿上。

我用力一抓，便感覺到有些肉感。

「……歐嘉同學？」

「沒什麼。好了，我們回宿舍吧。畢竟還有明天的準備。」

◇◇◇◇◇

像平常一樣入睡、像平常一樣起床，然後這個時刻就到來了。

一點緊張感都沒有。

能預見結果的比賽不過就是走個流程罷了。

允許我們入內的休息室裡就只有我和卡蓮兩人。

雖然學生會長和學院長剛才來露過臉了，學院長只說了一句「決鬥之後的處理交給我來負責」以後，兩人就快速離開了。

為我加油打氣的愛麗絲和瑪希蘿也移動到觀眾席去了。

在那之後，一臉惴惴不安的卡蓮跑來找我……

「歐嘉，感覺怎麼樣？昨天有睡好嗎？」

「這些話，我原封不動地還給妳。」

「哈哈哈……」

卡蓮的臉上浮現乾笑。

「要是跑出黑眼圈，漂亮的臉就可惜了。」

「漂、漂亮……！咳咳！說、說得也是呢。我等等化妝修飾一下。」

……不對，會這樣也是情有可原吧。

只要想到今天即將決定自己的未來，會睡不著也沒辦法。

更何況託付未來的男人魔法資質為零。

能夠安心睡覺的傢伙未免膽子太大了。

「別擔心，妳有看過我輸掉的樣子嗎？」

「……沒有，沒看過。我還記得從以前開始就是歐嘉趕跑所有欺負我的孩子。」

「對吧？對了，似乎還有賭局的樣子，妳要不要去玩一下？押在我身上能賺錢喔！」

「哈哈哈，就這麼做吧。畢竟我也想拿回一點我的錢。」

卡蓮這麼說著，聳了聳肩。

經過對話，緊張似乎放鬆不少。

卡蓮在決鬥之後，還有安慰王太子的重大任務。

要是那時候有黑眼圈，那傢伙也不會心動吧。

雖然是個讓人火大的男人，為了讓計畫成功，我將不惜努力。

不過是修正這樣的軌道，我手到擒來。

「……欸，歐嘉。」

我的手被她緊緊握住。

由於她的臉抵在我的背上，我不知道她的表情，不過她手上的力道很強。

「……歐嘉，你是從什麼時候開始想這麼做的？」

她說的是王太子改過自新計畫嗎？

要問我事情的起源從哪裡開始，倒是讓我有點不知道該怎麼回答……

「從與妳再會開始吧。」

「這麼早以前就開始啦……我好高興你跟我一樣。」

卡蓮果然也把我當成擋箭牌，計劃讓阿爾尼亞改過自新嗎？

不然的話，她跑來跟我接觸根本沒有意義嘛。

雖然跟想像中的形式不太一樣，能夠得到預期的結果應該讓她感到很高興吧。

「……我昨天非常煩惱。煩惱過後……我作出選擇了喔。我決定就算要我拋棄一切，我也要做我該做的事情。」

「我覺得不需要那麼有覺悟啦……」

反正只要行使決鬥贏家的權利，就能夠讓阿爾尼亞乖乖聽話了……

「不行，我不能全丟給你，得一起向前邁進才行。我也跟學院長商量了，她說她很樂意協助我。」

畢竟她是致力於培育晚輩的人物嘛。

發言的影響力也不容小覷，對卡蓮來說是很令人安心的夥伴吧。

「我（為了跟你在一起）也會加油。因為無論之後的道路有多麼艱辛……我決定再也不逃避了。」

不管怎麼樣，卡蓮似乎也幹勁滿滿，那麼我就放心了。

太好了呢，阿爾尼亞。

你輸了以後，她似乎也會各種支持你的樣子喔。

這樣一來改過自新的道路也就安穩了。

之後只要我打贏了，就能迎來快樂的結局。

「路上小心。」

「好，我出發了。」

我們叩的一聲拳頭互撞，祈禱彼此美好的未來。

『那麼我們有請兩位入場吧！首先是儘管沒有魔法資質，依舊成功入學的異類！歐嘉・貝雷特！』

這句話簡直就像在說我是靠關係進來的不是嗎？

不過現在暫且原諒你吧。

反正想必馬上就能讓你們刮目相看。

接著，被廣播叫到的我走向日光照射的戰場之中。

「……好了，為了說服父親認可我與歐嘉的婚約，我也該去學院長室了。」

——因此，我沒有聽見身後卡蓮的低語。

被狂熱席捲的會場（競技場）。

本來不會聚集這麼多觀眾，但是這次的對戰表上都是引人注目的人物。

擁有進入魔法學院的實力，將來預計會繼承王位的阿爾尼亞王太子。

儘管出生在貝雷特家，行動卻宛如「正義」的體現一般，流言四起的歐嘉大人。

不知道是不是覺得有賺錢的搞頭，學生之間正進行大規模的賭局。

或許是因為這裡是貴族公子與貴族千金占絕大多數的利修堡魔法學院吧。

看到老師沒有阻止，感覺應該是慣例了。

「快看、快看，愛麗絲小姐！我把所有的錢都押在歐嘉同學身上了。」

黎切小姐拿著的票根上面登記著對平民來說不小的金額。

如她所說，她似乎連生活費都拿下去賭了。對旁觀者而言，或許會覺得她是個賭徒。

不過，假如事情與歐嘉大人有關，她採取的就是理所當然的行動。

我不喜歡這類行為，所以沒有出手下注，不過這對她來說是少數賺取大筆金錢的機會。

應該沒必要特意指責，在她雀躍的心情上潑冷水。

「真是太好了呢，黎切小姐。」

「嗯！我打算用賭局贏得的彩金去買跟歐嘉同學出門要穿的衣服。因為我還沒有什麼好

衣服……」

明明只要跟歐嘉大人說一聲，感覺他就會幫忙買，她卻怎麼樣都不肯依靠別人，而是靠自己想辦法。

歐嘉大人就是喜歡她這種堅強吧。

歐嘉大人能夠把她納為自己人真是太好了。她跟王太子身邊那些拍馬屁的人比起來根本是天壤之別。

「那麼，下次邀請歐嘉大人一起去街上買東西吧。難得在王都裡頭，有很多進有許多好東西的店家。」

「說得也是呢！我要試著問問看歐嘉同學的喜好！」

「呵呵。或許有一天我要叫妳瑪希蘿夫人呢。」

「討、討厭！愛麗絲小姐！不要捉弄我啦！」

正當我覺得氣噗噗的黎切小姐令人莞爾時，觀眾們的熱度一瞬間上漲。

似乎是歐嘉大人和王太子入場了。

就態度上來看，王太子看起來很從容不迫的樣子。

看來他明顯沒有看人的才能呢。果然流著那個國王的血脈。

腐敗的人也只會生出腐敗的人……嗎？

「從來沒有勝負結果這麼明顯的賭局呢。」

看都不用看，肯定是歐嘉大人勝利。

實在太沒意思了，說不定連會場都會整個冷掉。

「以歐嘉同學勝利為前提，愛麗絲小姐覺得這會是什麼樣的一場比賽呢？」

跟整個坐在椅子上的我不同，黎切小姐正探出身子注視著會場。

她可能滿心期待會出現什麼樣的魔法戰略，然而很遺憾，應該不會上演她想像中的那種程度的戰鬥。

「……昨天，在我把王太子比預想中還要更弱的事情告訴歐嘉大人以前，他就已經有所察覺了。」

像歐嘉大人那種實力的人，不可能會錯估對手的能力。

「黎切小姐，妳知道我都教導歐嘉大人什麼對吧？」

「呃……不使用魔法就能將魔法使打倒的技術……」

「沒錯。考慮到這些，歐嘉大人說他會拿出全力應戰。」

他實際上說的是「會擊潰他」，不過也沒什麼差別吧？

只要在這裡展現出實力，以後就不會再有人隨便來挑釁。

「也就是說……」

「是的。意思是就算不使用『魔術葬送（底牌）』，他也會在一瞬間分出勝負。」

◇◇◇◇◇

「呀啊啊啊！阿爾尼亞王太子～！」

「請您加油～！」

「把那種傢伙打倒～！」

眾人對著阿爾尼亞發出聲援聲。

與我對峙的男人露出和善的微笑，朝大家揮手。

要是她們知曉阿爾尼亞贏了比賽之後選擇的報酬是瑪希蘿和愛麗絲，不曉得會露出什麼表情。

會演變成修羅場嗎？不對，阿爾尼亞流連在各個女學生之間是眾所周知的事實。

即使如此也沒有發生過醜陋的爭執，是因為還有卡蓮這個未婚妻在，她們只是想與王家有所連繫而已。

多少也想賺點好感度才是她們的真心話吧。

話雖如此，似乎不是所有人都站在阿爾尼亞那一邊。

「最好被打得鼻青臉腫！你這個搶了我未婚妻的混帳東西！」

「自從來了學院以後，我就接連遭到退婚！這次換你這傢伙嘗嘗同樣的滋味了！」

「貝雷特～！我們都賭在你身上嘍！給我幹掉敵人～！」

帶著不小的怨恨，場外傳來粗獷的聲援。

雖說魔法學院是完全實力主義，他們甚至光明正大地稱呼王太子為「你這傢伙」。

可想而知他們心中的怒火有多麼旺盛。

然後，我能夠理解他們的不甘和悔恨。

「……你到底搶了多少女人啊？」

「被可愛的女生包圍，沒有比這更開心的人生了吧？」

對此我表示認同。

我來學院也有想要建立後宮的意思。

然而，對已經跟其他人有婚約關係的女生出手就違反規矩了。

像這種強取豪奪的男人，去給馬踢一腳吧。

「你就沒有考慮過卡蓮的心情嗎？」

「沒有耶。要不是她的名字是雷蓓茜卡，我可以斬釘截鐵地說，我不會跟那種沒有魅力的女人扯上關係。」

「…………」

「哈哈，不要這麼生氣啦。不過，我可是很感謝她喔。多虧有她一直提供我玩樂的錢，所以……」

所以——阿爾尼亞繼續說。

「要是她之後不能繼續當我的未婚妻（錢包），我會很傷腦筋。」

「……你別再講話了。給我閉嘴。」

「——唔！」

現在的我沒有善良到毫無算計就去幫助別人。

我深刻體會到就算廣施善意也不會得到回報。雖然我不會去批評那些人偽善，我認為這是沒用的行為。

可是，我不記得我連身為人類的尊嚴都捨棄了。

我還留有自己的朋友遭到愚弄就會感到生氣的這點感性。

憤怒從腹部深處逐漸沸騰。

……我絕對要讓這個男人改過自新。

為此我要讓他露出無論是誰見到都會拋棄他的醜態。

要帶給他那張精緻的臉被摧毀程度的打擊。

為了讓他再也無法當女生的護花使者，我要打碎他的骨頭。

我要讓大家看見阿爾尼亞沒有能力從強者手中保護弱者。

我早已名聲掃地。

事到如今還怕什麼？

「就、就算你那樣恐嚇我也沒用喔！我跟你之間有與生俱來的差距！」

他嘴上說得強硬，實則非常害怕，現在正慢慢地往後退。

作為男人竟然會表現出這麼可笑的模樣嗎？

即使如此還一直不斷重複著要強的發言，是為了模糊自身的恐懼嗎？還是為了騙那些來為他加油的女生呢？

「……你就儘管虛張聲勢吧。當我不再疏忽大意的瞬間，你就沒有勝算了。」

「但是你連一把劍都沒拿不是嗎？縮小自己獲勝的可能性，不覺得太過傲慢嗎？」

「傲慢？這麼說不對。我之所以不使用武器是在憐憫你。」

我緊緊地戴上白色全指手套。

讓那傢伙的血弄髒我的手並非本意。

我啪的一聲彈了下手指，一件純白的長袍便從空中落在我的上方。

我粗魯地抓住飄落下來的戰鬥服，迎風將它披在肩上，它就會用魔法的力量固定住。

「面對面還沒辦法明白我們之間的實力差距，我在憐憫你的無知。」

「隨便你怎麼說……！對話到此結束了！」

「這樣好嗎？縮短自己光榮的時間。」

「裁判！奏響開始的信號吧！」

由於不爽的阿爾尼亞開口催促，宣告決鬥開始的鐘聲高聲響起。

緊接著，觀眾席此起彼落的聲音變得更加宏亮。

「咯哈哈！你這個笨蛋！你只有在最初的一招才有可能獲勝！無法使用魔法的你已經沒戲了！」

「不要再廢話了，快讓我看看你自豪的魔法吧。」

「你只有演技是一流的呢，吊車尾。哼，行吧！我就用我最強的魔法結束掉你吧！」

「…………」

我感覺得到魔力在阿爾尼亞的手中匯集。

十分漫長的詠唱開始。

順帶一提，此時我已經可以殺掉他三次了。

……這傢伙真的很強嗎？

不過，我不認為愛麗絲會錯估敵人的水準。

暴露出毫無防備的樣子就進入詠唱狀態，他的腦袋有洞嗎？

明明知道這場魔法使間的戰鬥，彼此都不在需要詠唱的框架裡，還是開始進行長詠唱。

只是暴露自己沒有適應能力，只能按照模板行動。

要是我只是為了尋求勝利，結果早就出來了吧。

「…………」

「怎麼樣！嚇到說不出話來了嗎！」

雙手抱胸待命的我看到他的頭上浮現出巨大的岩塊。

岩石從無生有地飄浮在空中，體積大到可以輕易輾壓一個人。

銳利的凹凸形狀能夠簡單粗暴地奪走性命。

確實只看外觀的話，可以看出威力並不俗。

可是也就這樣而已。

像這種沒有半點細緻度的魔法，怎麼可能會感到害怕。

「放心吧……旁邊有負責治療的光屬性魔法專家在一旁待命，再怎麼樣都不會死……一般情況下啦。」

「你想說什麼？」

「你還不懂嗎？我收買他們了啦！所有人都是我的手下。我已經吩咐他們，叫他們故意讓你恢復得慢一點！你懂我的意思嗎，歐嘉．貝雷特……？」

阿爾尼亞用舌頭舔了下嘴巴。

我看向在兩個入口處準備的救護人員，他們都一臉尷尬地別過頭。

就連毫無關聯的學生都被捲入……真是名副其實的人渣。

「你今天就會死在這裡喔。以一名不幸的事故受害者的身分……！」

「……你喋喋不休地把一切都講出來沒關係嗎？」

「無所謂啊。反正作為證人的你會消失在這個地方，你就放心地去死吧。無論是你那可愛的兩位隨從還是卡蓮，我都會好好使用喔！」

大概是把所有話都說完了，感到滿足了吧。

戰況終於有所進展。

「爆炸吧！輾壓他！把大地孕育的一切都化成灰！『巨石長雨（Earth rain）』！」

阿爾尼亞將高舉的手向下一揮，岩石生出裂痕，變成拳頭大小般如雨傾盆落下。

就算想跑也範圍太大，將人包圍其中。

這個量完全有可能讓競技場變成屍橫遍野的處刑場。

假如受到這個攻擊，應該馬上就會撐不住吧。

前提是……擊中的話。

「什麼……！」

我並沒有逃離岩石滿天亂飛的地獄，反而往前進。

用一種彷彿在優雅散步的心情。

「你有過把自己逼迫到極限的經驗嗎，阿爾尼亞？」

當我了解自己沒有魔法資質的缺陷以後，我並沒有馬上振作起來。

「魔術葬送」也不是那麼簡單就能創造出來。

當你在外面玩耍的時候、悠哉睡覺的時候、讓女生伺候你的時候，我全都一心投入在鍛鍊之中，因此才有今天的我。

「我一直都抱持著信念鍛鍊自己，以『吊車尾』的身分開拓出新的活路。」

我繼續踩著輕快的步伐，縮短與阿爾尼亞的距離。

「為、為何……？為什麼打不中！」

「原因很簡單。因為我和你之間存在光靠魔法資質的有無也彌補不了的實力差距。」

然後，之所以能扭轉乾坤，是我所有努力的結晶。

我看的不是四處飛散的岩石，而是感知魔力的流動。

鎖定對方的魔力能讓腦袋的處理能力有顯著的提升，這種程度的動作輕易就能做到。

乍看之下，讓人覺得很密集的「巨石長雨」只要算好時機，隨便就能找到我一人能夠通過的路線。

時而歪頭避開。

「開什麼玩笑開什麼玩笑開什麼玩笑！這太奇怪了吧！你在那裡學來這種招式的！」

時而改變踏出的節奏，避開彈著點。

「給我打中！打中啊！可惡、可惡！他、他作弊！誰、誰快來幫幫我……沒錯！那傢伙幹了什麼不正當的事情！」

只要這樣做，看吧——

「——已經進入我的必殺範圍(Killing range)嘍，阿爾尼亞。」

「噫——！」

「你的臉色變得挺差的耶。不過，像你這種臉很精緻的傢伙，蒼白一點比較適合喔。」

「土、土之精靈啊……！」

「在這個距離下，魔法可來不及喔。」

我將他為了集氣而舉起的手打掉。

「咕……咳哈！」

宛如使用拔刀術似的瞬間抽出手刀刺向阿爾尼亞的喉嚨。

他無法躲過衝擊，就這麼以向後摔倒的姿勢擊飛。

「把剛才的話原封不動地還給你吧。你還真是個演技派耶。我可還沒使出全力喔。」

我明明只用了跟愛麗絲認真對打時的十分之一力氣而已……

阿爾尼亞的姿勢就好像已經宣布勝負了。

制服沾滿塵土，以臉著地且高舉屁股的姿勢摔倒在地。

不知道是不是跌倒的力道太猛弄壞皮帶了，他有一半的屁股露在外面。

多麼難看的光景啊。

能夠聽見觀眾席傳來帶有憐憫的竊笑聲。

恭喜王太子第一次讓世界看見他半個屁股，不過事情當然不會就這麼結束。

「卡蓮受到的屈辱可不只這樣。」

我藉由這樣告訴他，讓他用身體記住自己的行為有多麼過分。

因疼痛而理解，想必阿爾尼亞總算對她抱有罪惡感了吧。

只要我給他的疼痛越多，這種想法就會越膨脹。

我要把這件事化為想到就會抓狂的心裡創傷，讓他深深銘記在心。

然後阿爾尼亞傲慢的心就會碎裂吧。

我要讓他懺悔到這輩子再也不想遇到這種事。

這就是我心裡描繪的「王太子的新生遊戲作戰」。

「我還要繼續帶給你疼痛。來，站起來吧！勝負現在才要開始喔！」

「…………」

「哼，假裝昏倒了嗎？流有王族血脈的人竟然使用拖延的手段。」

「…………」

「好吧。那就如你所願，我來幫助你站起來。」

就算激他也沒有反應，看來他在引誘我會因此疏忽大意。

到了這個地步，總算理解我們的實力差距了嗎？

趁他還有力氣反抗的時候，我要先把他打到輸了以後無法找藉口的地步。

假裝上了他的當的我提起他的領子——

「——咦？」

阿爾尼亞白眼一翻，口吐白沫。

……啥？不是吧？

因為愛麗絲不是說比預料中還要強嗎……咦——？

我過於驚訝，所以不小心鬆了手，阿爾尼亞臉朝上地摔倒在地。

由於我舉起他的緣故，原本就鬆脫的褲子竟然完全掉了下來。

某個小指尺寸、嬌小玲瓏的東西暴露在外。

被「吊車尾（我）」一擊打倒，半裸模樣的王太子就這麼暴露在眾人面前。

『…………』

空氣一瞬間凝滯。現場的寂靜讓人無法想像這是在萬里無雲的天空之下，眾多人數聚集的地方。

我站在中間，感受到背上的冷與汗。

喂、喂、喂……！

這是怎麼回事……他怎麼會失去意識……？

我連作戰計畫的一成都還沒實行啊！

在我劈啪劈啪地挫折你的心之前就昏倒，計畫不就沒辦法進行了嗎！

「別開玩笑了！我的心情光靠這樣可沒辦法平復喔！」

我抓住他的衣領前後搖晃，他的脖子和下面那個也跟著晃來晃去。

他明明沒有恢復意識，那邊卻一下子就變長了。

「可惡！既然這樣我就踢你胯下，讓你強制清醒！」

「停下來！勝負已分！退後！」

「什麼？喂，放開我！」

在我把手舉起來的時候，有好幾個工作人員從身後架住我的手臂，把我從阿爾尼亞身邊拉走。

負責救護的學生把他扛上擔架，準備送往保健室。

「唔喔喔……！卡蓮……他跟卡蓮的婚約……！」

「咦？被、被拖走了……？」

「他竟然這麼在意雷蓓茜卡同學……」

「是憤怒的蠻力嗎……！喂！再來幾個人過來幫忙！」

「阿爾尼亞啊啊啊啊……！」

我拖行前來制止我的學生不顧一切往前進，然而不管怎麼樣都追不上。

載著昏倒的阿爾尼亞，擔架變得越來越小，最後終於消失在會場外頭。

「可惡！可惡啊啊啊！」

當場崩潰的我將悔恨的心情灌注在拳頭裡面，用力搥打大地。

只使出那麼一擊，阿爾尼亞一定會推說是誤打誤撞……！

他大概會說打到的位置碰巧不太好什麼的，然後依舊維持那副恬不知恥的態度吧。

那樣卡蓮絕對不會選擇阿爾尼亞。

決鬥前她抱持那麼火熱的決心，也是認為我會想辦法讓那傢伙改過自新的緣故。

然而……然而這樣一來……

「……別那麼沮喪啦。你已經做得很好了。」

「我們之前都誤會你了。」

「傳聞果然是真的呢。剩下就交給我們吧。」

不知道為什麼學生們都跑來廣播席拍拍我的肩膀，開始說些莫名的話。

剛才都在妨礙我的傢伙們這次又有什麼企圖？

「現在先讓我一個人靜一靜。」

『可、可是啊，還有贏家採訪……』

什麼？贏家採訪？

要是被這種事情占用時間，我就來不及去彌補失誤了。

在真正無計可施之前，得先去跟卡蓮解釋事情經過才行。

只要我去說服她，取消婚約的事情說不定還可以暫時緩緩。

當然，我會負起責任讓阿爾尼亞改過自新。

為此我需要時間靜下來跟卡蓮好好談談。

在再次被包圍之前，讓我先離開這裡吧。

「我要去找卡蓮！我有重要的話要對她說！」

我大喊著放棄採訪的原因，然後將競技場拋諸腦後。

雖然耳邊能夠聽見震耳欲聾的叫聲，那恐怕是觀眾在狂倒喝采吧。

這種事情就無視吧，無視。

「卡蓮！妳在哪裡？」

「啊，歐嘉同學！這邊、這邊！」

「歐嘉大人，恭候您多時了。假如您要找雷蓓茜卡小姐，她現在正通往學院長室的方向移動。」

「這樣啊！謝了，愛麗絲！」

因為沒看見她的身影，當我在死命尋找的時候，從觀眾席下來的兩人告訴我卡蓮的所在位置。

道過謝之後，我立刻趕往學院長室。

學院長所說的「決鬥之後的處理」，指的大概是幫忙說服卡蓮的父親。

搞不好在我不在的時候，話題已經有所進展了也說不定。

我沒聽說過有這回事。

以她的個性來說，應該不會離開我的身邊，而是到現場替我加油才對啊……

「呼……！呼……！」

我爬上樓梯，來到學院長室前面。

雖然我大口地喘息著，我甚至沒有調整呼吸，正踏出一步準備進去的時候，門從另一側打了開來。

「啊，歐嘉！」

滿面笑容的卡蓮在看見我的瞬間飛奔過來。

為了不摔倒，我沒有多想就出手扶住她，一道咂嘴聲便隨之傳來。

那當然不是卡蓮發出來的。

順著聲音的源頭看過去，卡蓮的爛老爸正青筋暴露地站在那裡。

像是要推開那個爛老爸一般，米爾馮緹師徒倆從房間裡面走了出來。

「哎呀哎呀，真火熱呢。果然就跟我想的一樣，兩人很般配呢。對吧，蕾娜？」

「是的，老師說得沒錯。」

是臉上掛著和藹微笑的學院長和一如既往貼上表情的蕾娜。

多麼極端的兩個人啊，不過這不是現在的重點。

「學院長？我不明白為什麼會這麼說……」

「呵呵呵，你的希望實現嘍。」

「我的希望？」

也就是說卡蓮說出自己想跟阿爾尼亞重修舊好的決心——

「——你跟雷蓓茜卡同學的正式婚約被認可了。」

「太好啦……咦？」

怪了？我聽見的話和所想的好像不太一樣……不不不，是我聽錯了吧？

因為那個爛老爸不可能會認可卡蓮和沒有魔法資質的我訂婚……

「來，這個是文件喔。上面確實有兩家代表的簽名。」

「借我看一下！」

我急忙奪下文件，上面記載著好幾點關於我和卡蓮訂婚的契約事項，最下面有卡蓮的爛老爸和我家父親大人的簽名。

還蓋上了各自家紋的印記。

該驚訝的還不只這些。

不知道為什麼阿爾尼亞的父親——也就是國王以證人的身分在上面署名和蓋上印璽。

「……咦？啊……咦？」

也、也就是說，我和卡蓮的婚約是國王公認的……

……咦？這種婚約絕對不可能取消的嘛。

而且我們作為國王認可且同為公爵家的未婚夫妻，今後也會被要求該有的行為舉止。

為什麼國王也這麼乾脆就認可兒子解除婚約啦？

搞不懂……完全搞不懂事情到底為什麼會變成這樣……

卡蓮不顧理解不了狀況而呆呆佇立在那邊的我，環繞在我腰上的手又用力了些。

我的胸口感受到一股從身形來看根本想像不出來的軟呼呼柔軟觸感，因而不由自主地看向她。

「呃……雖然我是這副模樣……今後會慢慢改變。我會努力成為一個好新娘……所以請多指教嘍，歐嘉。」

我看到她露出再會以後……不對，是自從遇見她以來最可愛的微笑。

「……啊啊啊啊啊啊啊啊！」

自由自在的後宮生活已然遠去的打擊使我當場昏倒。

「——以上就是此次的來龍去脈。」

「嗯。感謝妳的報告，芙羅娜·米爾馮緹。」

王城矗立於比利修堡魔法學院還要更深處的地方。

作為與羅狄茲尼王國的繁榮共同持續數百年的象徵，它無論何時都兼具永遠不變的美麗與莊嚴。

在一國的領導人與其家人居住的豪華建築當中的某一間房間裡。

彷彿為了不讓任何人察覺似的沒有點亮任何照明，從緊閉的窗戶外面照射進來的月光打在與王城同樣年老卻讓人感到威嚴的男人身上。

安博爾多·羅狄茲尼。

真正立於這個國家頂點的人物。

「不過……原來啊、原來啊。戈登的兒子竟然高興到昏倒啦？」

「是啊。現在應該正一邊被照料著，一邊享受兩人時光吧。」

這次有關卡蓮・雷蓓茜卡的一連串騷動，對歐嘉・貝雷特、我以及安博爾多國王來說都正中下懷，是為了推動各自的計畫才會彼此協助的事件。

歐嘉・貝雷特為了從笨蛋王太子手中救下青梅竹馬卡蓮・雷蓓茜卡。

我為了讓兩人訂婚，在未來留下優秀的遺傳基因。

然後安博爾多——是為了重振這個腐敗的國家。

「不過這樣真的好嗎？我想這是顯而易見的結果，這下你兒子的評價會一落千丈喔？」

「我不後悔……要是我這樣說就是騙人的，但是那傢伙就是需要這種經驗才行。我原本以為他有了未婚妻就會改變……當我發現時已經為時已晚，也讓雷蓓茜卡的女兒有了難過的經歷。」

「所以你才會當歐嘉・貝雷特的婚姻仲介對吧？」

「要是那樣就能贖罪就好了。這次希望他們真的能得到幸福。」

「他跟你兒子不同，女性關係沒那麼差，放心吧。」

「我的胸口好痛啊。就不能下手輕一點嗎？」

安博爾多神色悲痛地眺望遠方。

咯咯笑聲聽起來也有些無力。

「我家那個笨蛋大概是被依附過來的貴族給教壞了吧。追根究柢都是因為我忙於國政，放著他不管才造成如今的結果。責任在我身上。不管怎麼樣，我都打算負起責任照看他到最後一刻。」

「……你也真是辛苦呢。」

「彼此彼此啦。妳也替我做了很多。」

對此我輕輕笑了笑。

離開第一現場以後，我平時都致力於培育晚輩。

他肯定以為我這麼做是為了國家的未來吧。畢竟我們還有共赴戰場的經驗，才會這般輕易地招待我來王城。

……看來他還沒察覺到我真正的目的呢。

觀察他的表情，完全看不出來他對我有任何懷疑。

我從來都沒想過要為了國家而活。全都是為了自己。

我的時間全都用在自己身上。

培育優秀的年輕人才也是……全是為了讓他們的血互相組合，生出優秀的祈望——

「哎呀呀，不過真沒想到也會從妳的口中聽到歐嘉．貝雷特這個名字。」

他瞬間把我從深沉的思考中拉了出來。

對了，我有件事必須問清楚才行。

「你早就知道他的存在了嗎？」

「是啊。畢竟戈登很常在那邊自誇『我的兒子是天才！將來要從事背負國家的工作』啊。他面目凶惡卻津津樂道地講著兒子的事，讓我笑了好幾次。」

「哦……沒有魔法資質卻說他是天才。這是為什麼呢？」

「我沒有仔細問他。之前都是半信半疑，不過最近聽說他的活躍之後，覺得不能斷言那是假的。」

我在心中咂嘴。

不過是經常在外交上跟他國脣槍舌戰，果然知道情報的重要性嗎，戈登那傢伙。

那傢伙會被罵為惡毒領主，也是為了故意進到已經完全腐敗的貴族群體中。

其實他是安博爾多懷裡的刀，負責獲得情報且轉達給國王。

「雖然他總是做出不像是貴族的行為，他擁有我期望中的貴族該有的崇高姿態。正因為如此，她才會臣服在他底下吧。」

「你說的她……果然是那個隨侍嗎？」

「我猜妳已經發現了，她曾是我國的聖騎士團總隊長啊。她也是一位優秀的人才……無奈就是正義感太強了。」

不知道是不是回想起幹練的原王國聖騎士團總隊長克麗絲・拉格尼卡，他露出苦笑後喝了一口手邊的葡萄酒。

「不畏恐懼的她打算追問貴族間黑暗的部分。不過平民出身的她沒有後盾，無論她有多強，單靠一個人也有極限。」

「所以，你才在她被逼到窮途末路之前放逐她嗎？」

「我其實很想幫她，但是我的計畫還不能被他們察覺。當時我只能夠放逐她，保護她的安全而已。」

他故意扮演一個愚王。

就是為了審判那些隨著繁榮而中飽私囊的貴族，以及他們腐敗不堪的貴族精神。

他從小就愛著這個國家。

甚至不惜豁出人生，作好了要重振國家的覺悟。

「……不過，她又以這個方式回來了。」

「真是因果輪迴呢。而且還找到與自己擁有同樣志向的主人。她應該過得比以前還要充實吧？」

「是啊，她非常朝氣蓬勃喔。比侍奉國家還要更幸福的樣子。」

「這句話說得真是讓人慚愧。」

嘴上這麼說，看起來倒是很高興的樣子……不，應該是真的很開心吧。

因為對他來說，的確能感受到國家正在往好的未來前進。

「不過，真虧妳能夠讓雷蓓茜卡接受退婚的條件呢。妳用了什麼方法呢？」

「很簡單啊。我跟他說要是歐嘉・貝雷特輸了，我就把蕾娜送給他。」

我這麼說完，安博爾多有一瞬間傻眼，然後就像沒忍住似的大笑起來。

「哈哈哈！妳還真是提出了大膽的賭博呢！」

「這算不上什麼賭博。那種情況誰都看得出來會是歐嘉・貝雷特獲勝。」

雖然我本來還想看到「魔法消除」。

只是沒想到安博爾多的兒子弱到連那個招式都沒辦法引出來。

……不對，是歐嘉・貝雷特太強了嗎？

不管怎麼樣，只要知道他的實力，根本就不需要煩惱要賭誰贏。

「畢竟雷蓓茜卡一直想要個優秀的男繼承人，總是不斷地結婚和離婚。然後妳在此時說要把弟子交給他……這招數除了妳以外，還真幹不出來吧？」

就算明知結果也是——他如此繼續說。

「因此一事，我與雷蓓茜卡家也算是沒緣了。這都要感謝你兒子呢。」

這樣一來雷蓓茜卡應該一下子就變得難以行動了吧。

原本因為他女兒是國王的未婚妻，一直以來可謂想做什麼就做什麼。

對安博爾多來說也是往好的方向定案了。

「卡蓮·雷蓓茜卡也具備跟他很類似的善良，在不久的將來，情勢會一口氣改變呢。」

「就是啊。那兩個人應該會把國家導正成清廉的模樣吧。假如他成功剷除所有膿包——我甚至可以考慮把國王的位置讓給歐嘉·貝雷特。」

這並非是一時興起說出口的話。

帶有期待的聲音迴響在這個靜謐的房間裡。

「……雖說只有我一個人聽到，這發言還真是前衛呢。」

「我只是在說一個可能性而已。雖然這想法異想天開到我回頭就會忘記的程度。不過，我作了一個夢。如果是他，或許真有可能成為那個人也說不定。」

「成為救助這個國家並懷有憐憫心的——『聖者』。」

◇◇◇◇◇

「哈啾……有人在談論我嗎？」
知曉與卡蓮締結婚約以後，儘管很丟人，我當場昏倒了。
完全沒想到我的後宮計畫會以這種形式遭到阻撓。
這全部都要怪那個笨蛋王太子太弱了。
那種實力還敢大放厥詞。要是以為憑魔法實力就能定勝負，那就大錯特錯。說到底，他預想得太簡單了——
「——好了，歐嘉同學。你的表情很可怕喔，啊～」
「嗯咕！」
一根木匙塞進我的嘴巴。
湯匙上面盛著已經降溫的粥，對胃沒有負擔的味道通過喉嚨。
「怎麼樣？這是我做的……好吃嗎？」
「……好吃。」
「這樣啊。那太好了。」

「那麼接下來換我嘍。呼、呼……來，嘴巴張開？」

我照卡蓮所說張開嘴，這次的跟剛才比起來帶有一股酸味。

不過這絕非很酸的意思，放在剛才瑪希蘿做的稀飯後面嘗起來又更加好吃。

這裡是我的宿舍房間。恢復意識的我正在床上享受瑪希蘿、卡蓮和愛麗絲的精心侍奉。

幫我換衣服的人似乎是愛麗絲。

她的確是這三個人之中最常看見我裸體的人。

「歐嘉大人，等您用完餐以後，我再替您擦拭身體，因此吃完的話請跟我說一聲。」

「好。雖說如此，我馬上就要吃完了。」

輪流交替著被餵食，粥逐漸減少，兩人手上拿的木盤裡面已經一滴不剩。

「不愧是男生，食量就是不一樣呢。」

「這都要多虧妳們兩個下工夫調味的關係啦。多謝款待。真的很好吃。」

雖然分量有點吃不消，這是兩人特地為我做的。

沒吃完就是沒規矩。

而且我說的感想也不含任何謊話。

「哼哼～一定是最後加進去的特殊香料起作用了吧！」

「就是說啊。要是能跟歐嘉說就好了……」

「哦？到底加了什麼祕方啊？」

「祕、祕密！」

「問這個就不解風情了喲，歐嘉同學。」

看樣子她們不打算告訴我。

沒辦法，只能下次請人從各地帶香料回來，自己做做看了……

當我這麼想的時候，愛麗絲拿著裝有水的桶子和沾溼的毛巾走了過來。

「那麼，請兩位先到外面等候。等我擦拭完身體以後，會再去叫兩位。」

「愛、愛麗絲小姐，能不能交給我們做呢？妳說對吧，雷蓓茜卡同學？」

「咦！對、對啊……妳、妳放心，我已經看慣男生的裸體了。我之前不是接受過不能害羞的教育嗎？歐、歐嘉的裸體……能、能否交給我呢？」

「……非常抱歉，這個工作就由我來做吧。」

「「咦——！」」

我認為愛麗絲的判斷很正確。因為她們兩人的表情明顯很奇怪。

瑪希蘿一副想到什麼惡作劇的壞笑，卡蓮則是臉紅得跟髮色不相上下。

輕而易舉就能猜到她們各自在想些什麼。

「歐嘉同學，你也覺得由我來擦比較好吧？」

「要、要是由我來做，你會比較高興對吧，歐嘉！」

這麼說著，她們兩個就像在爭奪似的抱住我的雙臂。

剎那間，鼻腔裡傳來心蕩神馳的香氣。她們一副沒得到我的回答就不放手的架勢，由於緊緊貼著我的關係，兩人標緻的臉靠得很近。

最重要的是，緊壓在我身上的柔軟胸部是以往至今最讓我受到震撼的。

我拚命維持住感覺快要鬆弛的臉頰，任憑她們左右拉扯。

「歐嘉同學，由我、來擦！沒錯吧？」

「我、我很了解男生，會很仔細地幫你擦喔？」

「兩位，歐嘉大人才剛清醒而已，請儘量不要做出會增加他身體負擔的行為。」

為了從後面將兩人拉開，最後終於連愛麗絲都加入其中。

……啊啊，這就是我渴望的理想鄉嗎？

當後宮生活遇到挫敗時我深受打擊，仔細想想現在還不是過得如此幸福。

為了已經定下來的事情一直鬱鬱寡歡也不是辦法。

瑪希蘿、卡蓮、愛麗絲……上輩子想都不敢想的美少女都在為我擔心。

光是這點就跟前世不一樣。

我目標中的生活——完成我想做的事情，這個正在實現當中。

想來應該不會再被捲入這種情況了吧！

只要再上一個多月的課，學院就要迎來長假了。

我想去海邊。想看泳裝。也想去別國旅行。想看便服。想在同張床度過。也想介紹給父母認識——啊啊，越思考就有越多想做的事情跳出來。

而且並不是只有我一個人做這些事，而是要和這裡所有人一起做。

「呵……用不著著急吧。」

因為我隨心所欲的第二次人生才正要開始。

後記

早安午安晚安胸部！（直白的招呼）

在其他作品認識我的各位好久不見。第一次認識我的大家初次見面，我叫做木の芽。

我平常在一個名為「カクヨム」的網路小說網站上活動，這次有緣能夠請電擊文庫讓我出書。

我開始寫輕小說是在十幾年前，國中一年級的時候。回想起來，我那時最大的夢想就是在電擊文庫出書。

那是我第一次在即將完結的小說筆記的封面上寫下「電擊小說大賞！」，沒想到夢想真的能夠實現。

但願並非只有一本而已，從今以後如果可以持續出好幾本就好了呢（笑）。

那麼，我想除了後記愛好者以外的人都是按照順序從封面開始閱讀，最後才讀到這裡……各位覺得本作怎麼樣呢？

雖然經常寫俗話常說的「搞烏龍」，這次寫的「反派轉生」卻是第一次接觸的類型，我很清楚地記得我一邊煩惱，同時一個字一個字地堆疊出來。

其中最讓我注重的應該是主角「歐嘉・貝雷特」的「外在優秀」和「內在呆蠢」，兩者的反差吧。

我認為作品當中其他角色的觀點和讀者們的觀點，雙方的反差是這本書的魅力來源。我琢磨著這一點才撰寫故事。

至於點綴故事的女主角們有別於他，我塞進了很多性癖。因為我覺得如果不是自己想寫的女孩子，就創造不出可愛的女主角。

戰鬥女僕（巨乳）很帥，超讚的！↓愛麗絲。

帶著輕飄飄的氛圍，光是待在旁邊就能治癒人，會產出負離子系的女孩子（巨乳）↓瑪希蘿。

實際上是巨乳，可是隱藏起來的男裝系女孩子（巨乳）↓卡蓮。

非常完美地全都是我最喜歡的屬性。有這麼多選擇，我相信一定也會有戳中各位讀者喜愛的女孩子吧。

順帶一提，我現在最喜歡的是愛麗絲。當我拿到へりがる老師的角色設計時，讓我十分衝擊。

「理想的女僕就出現在我的眼前……！」我當時真的非常感動。

當然不只是愛麗絲，還有瑪希蘿、卡蓮和蕾娜等，大家的設計都非常出色。
我今後還想出很多準確戳中性癖的女主角，大家敬請期待。
其實我很想針對每個女主角聊聊她們各自的魅力，不過這麼做頁數會不夠，所以這邊進入感謝的環節。
責任編輯T，一直以來非常謝謝您。
設定之類的地方有很多不足之處，多虧您的協助，作品才有高潮起伏。
完成比網路版還要更有魅力的作品。
負責插畫的へりがる老師。
非常感謝您創造出美麗的插畫和設計。多虧有老師，才能給登場人物們注入生命。
此外還有審潤人員、小說設計和印刷公司。受到各方人士的協助，我實在不勝感激。
然後是各位讀者。多虧大家支持，這個作品才能以書籍的形式問世。我今後也會每天努力寫出更好的作品，希望大家今後也能陪伴在我身邊並為我加油打氣。
我由衷期待今後還能與大家見面。
那麼，我的話到此結束。

木の芽

VILLAIN SCION

反派富二代

SAINT

充滿誤會的聖者生活

～第二次人生明明只想隨心所欲度過～

哥布林千金與轉生貴族的幸福之路

為了未婚妻竭盡所能運用前世知識 1~2 待續

作者：新天新地　插畫：とき間

探索地下城！在劍術大會取得優勝！
依舊為深愛的安娜全力以赴！

對外貌漸漸放下自卑的安娜決定和吉諾出門約會。此時吉諾再次確信自己前世的記憶和這個世界有關聯，決定為安娜開發治療藥物。為了尋找醫學書籍，他量產魔像鎖定醫院遺跡開挖……？另一方面安娜收到王太子的提親，吉諾卻採取了驚人的對策——？

各 **NT$260/HK$87**

重啟人生的千金小姐正在攻略龍帝陛下 1~3 待續

作者：永瀨さらさ　插畫：藤未都也

「我要讓妳成為龍妃——真正的龍妃。」
最強女主角重新度過最棒的人生！

哈迪斯信賴有加的異父哥哥——維賽爾來訪。雖然哈迪斯對於和哥哥重逢感到欣喜，但在吉兒所知的未來中，他是背叛哈迪斯的人物！此時，發生了曾經成為戰爭導火線的綁架事件。被懷疑是間諜的吉兒遭遇危機，哈迪斯終於要挺身而出……！

各 **NT$200~220/HK$67~73**

轉生為故事的黑幕～以進化魔劍和遊戲知識傲視群倫～ 1~2 待續

作者：結城涼　插畫：なかむら

「我的劍就是為了這種時候存在的。所以──」
連的故事，又有了重大的變化──！

和聖女莉希亞與其父克勞賽爾男爵談過之後，連決定暫時留在男爵宅邸，一邊處理男爵家的工作，同時一邊在公會當冒險者發揮本領。而為了協助男爵家，他在莉希亞的目送下前往某處，邂逅了一位意料之外的少女。她和掌握故事重要關鍵的人物有關……？

各 **NT$260~300/HK$87~100**

原本陰沉的我要向青春復仇 1~4 待續

作者：慶野由志　插畫：たん旦

耀眼的太陽，炫目的泳裝！
穿越時空青春戀愛喜劇盛夏的海水浴場篇！

新濱度過了跟春華聊天聊到一起睡著這種如作夢般的一夜。但真的能讓第二次的高二暑假就這樣結束嗎？他擠出全身的行動力，帶著舞、美月、銀次以及春華一起來到海邊。面對以社畜之力擊退眾搭訕男的新濱，春華害羞地慢慢拉下連帽外套的拉鍊……

NT$220~260/HK$73~87

為何我的世界被遺忘了？ 1~6 待續

作者：細音 啓　插畫：neco

揭露世界的真相——
目擊衝擊性發展的奇幻巨作第六彈！

六元鏡光、凡妮沙、拉蘇耶三英雄，因為三種族的意圖各不相同而產生衝突。獲得預言神加護的這個世界的「兩位希德」——阿凱因和特蕾莎則在伺機而動，準備對三英雄發動猛攻。此刻，這個世界將邁入「不存在於任何人的記憶」的局面——！

各 **NT$200~220/HK$65~73**

國家圖書館出版品預行編目(CIP)資料

反派富二代充滿誤會的聖者生活：第二次人生明明只想隨心所欲度過/木の芽作；許雅婷譯. -- 初版. -- 臺北市：臺灣角川股份有限公司, 2024.06-
冊；　公分. -- (Kadokawa fantastic novels)
譯自：悪役御曹司の勘違い聖者生活：二度目の人生はやりたい放題したいだけなのに
ISBN 978-626-400-086-4(第1冊：平裝)

861.57　　111014881

Kadokawa
Fantastic
Novels

反派富二代充滿誤會的聖者生活～第二次人生明明只想隨心所欲度過～ 1

（原著名：悪役御曹司の勘違い聖者生活 ～二度目の人生はやりたい放題したいだけなのに～）

2024年6月24日　初版第1刷發行

作　者：木の芽
插　畫：へりがる
譯　者：許雅婷

發 行 人：台灣角川股份有限公司
總　監：呂慧君
總 編 輯：蔡佩芬
主　編：林秀儒
編　輯：彭曉凡
設計指導：陳晞叡
美術設計：黃永漢
印　務：李明修（主任）、張加恩（主任）、張凱棋、潘尚琪

發 行 所：台灣角川股份有限公司
地　址：104台北市中山區松江路223號3樓
電　話：（02）2515-3000
傳　真：（02）2515-0033
網　址：www.kadokawa.com.tw
劃撥帳戶：台灣角川股份有限公司
劃撥帳號：19487412
法律顧問：有澤法律事務所
製　版：尚騰印刷事業有限公司
ＩＳＢＮ：978-626-400-086-4

AKUYAKU ONZOSHI NO KANCHIGAI SEIJA SEIKATSU
～NIDOME NO JINSEI WA YARITAI HODAI SHITAI DAKE NANONI～ Vol.1

Edited by 電撃文庫
First published in Japan in 2023 by KADOKAWA CORPORATION, Tokyo.
Complex Chinese translation rights arranged with KADOKAWA CORPORATION, Tokyo.